Amanhã teremos outros nomes

CB004469

Patricio Pron

Amanhã teremos outros nomes

tradução
Gustavo Pacheco

todavia

Em seu quadragésimo terceiro ano de vida, William Stoner aprendeu o que outros, muito mais jovens que ele, tinham aprendido antes: que a pessoa que amamos no início não é a mesma que amamos no final, e que o amor não é um fim, mas um processo através do qual uma pessoa tenta conhecer a outra.

John Williams, *Stoner*

I.
Vinte e quatro horas

I

Um fio de luz deslizou pelo chão até alcançar a pilha de folhas de papel. Isso significava que um dos últimos dias de verão estava terminando, ou começando, Ele já não tinha certeza. Durante uma época, Ele se gabava de conseguir dormir sempre e em qualquer lugar, bastava fechar os olhos e um instante depois o mundo diurno terminava. Mas agora estava há dois dias sem dormir, e se perguntava se algum dia conseguiria recuperar essa capacidade. As folhas de papel tinham se acumulado a seus pés nas últimas horas; caíam mais ou menos perto, dependendo da força com que Ele as arrancava e jogava no chão. Já não lembrava se tinha começado nesse mesmo dia ou na véspera, mas achara a ideia genial: arrancar uma folha sim, outra não, de todos os livros que haviam ficado no apartamento, e depois colocar os livros de volta no lugar como se nada tivesse acontecido. Ela tinha levado suas coisas enquanto Ele estava fora, apesar de Ele ter pedido que Ela fizesse isso quando os dois estivessem em casa. Mas Ela — que sempre soube mais e melhor o que era melhor para Ele, ou o que mais se adequava à natureza dele — quis poupá-lo da cena — e ao mesmo tempo poupar a si própria, é claro — e levou suas coisas enquanto Ele estava ausente. Quem foi mesmo que disse que o amor é um ladrão silencioso? Não conseguia se lembrar, nem lhe importava. Mas Ela não tinha levado tudo — provavelmente porque ainda não tinha um lugar para guardar as coisas, Ele imaginava — e deixara seus livros junto com os dele nas estantes do apartamento.

Ele não achava que a ideia de dividir a biblioteca fosse a melhor nem a mais adequada, não porque tivesse uma sensibilidade excessiva em relação à propriedade privada — embora fosse muito ciumento com suas coisas —, mas porque sabia que tinha certa compulsão para ficar com os livros dos outros. Ele não era um ladrão, é claro. Mas já percebera que, em separações anteriores, ficara sem querer com livros que pertenciam a suas namoradas. Não muitos, nem sequer os livros que elas haviam dado a Ele de presente — livros que, tempos depois, o fizeram achar que elas nunca chegaram a conhecê-lo de verdade —, apenas alguns livros que pertenciam a elas e que Ele nunca devolveu. Um pensamento o deixava em paz consigo mesmo, às vezes: se elas nunca deram pela falta, se nunca reclamaram com Ele por ter ficado com os livros nem pediram que Ele os devolvesse, é porque de fato, e no fundo, elas não precisavam desses livros, ou não precisavam tanto quanto Ele, que na verdade tampouco precisava deles. No fim das contas, diante da separação e das terríveis mudanças que ela causou e que ainda iria provocar, nenhum livro era necessário, pensava agora. Uma vez, porém, quando estavam começando a namorar, Ela o pegou pela mão, de surpresa, e entrou em uma livraria por onde passavam ao voltar do almoço; parou diante de uma das estantes e ficou olhando os livros com a expressão séria e compenetrada que Ele já vira uma vez e que voltaria a ver — e a amar — durante os cinco anos seguintes, e depois retirou das prateleiras seis, sete livros que pôs em suas mãos sem dizer uma palavra. Quando saiu da livraria, depois de pagar, Ela lhe entregou os livros, dizendo: "Você precisa deles". Mas Ele já não conseguia se lembrar por que Ela achava que Ele precisava deles, nem que livros eram, embora se lembrasse da cena perfeitamente. De fato, se lembrava muito bem de tudo, o que, dadas as circunstâncias, era um problema. Metade das páginas dos livros que Ela lhe dera de presente já estavam no chão, separadas do resto com o método de arrancar uma folha sim, uma folha não, que Ele considerava a forma mais apropriada de dividir os bens: se pudesse — pensava —, também cortaria pela metade a cama, a mesa, cada uma das cadeiras, as estantes, as luminárias, os copos, os pratos, a pia, as plantas. Devia haver uma forma de dividir também as lembranças, de maneira que, de tudo o que haviam vivido e realizado juntos, Ele só ficasse com a metade, para que a carga fosse mais leve. É claro que teria sido melhor se Ela não tivesse ido embora, mas isso já acontecera, e Ele — que uma vez se gabou de ter uma extensa vida amorosa antes dela, apesar de só ter tido duas namoradas e, em ambos os casos, não por muito tempo — descobriu, de repente, que não sabia como seguir adiante, que Ela também tinha levado as instruções sobre como fazer isso. Lá fora havia ruas e edifícios e coberturas que provavelmente estavam resplandecendo furiosamente no começo ou no final desse que era um dos últimos dias de verão. Lá ao longe, depois dos sórdidos conjuntos habitacionais, deviam estar os imensos espaços desertos e os campos de que falavam os poetas e os apaixonados, mas agora Ele achava isso inverossímil e não tinha mais esperança de ver tudo de novo algum dia. Pensava nela, ou melhor, a sentia; ou, melhor ainda, sentia a ausência dela e a forma como a ausência o esmagava desde o dia anterior, e imaginava que, se fosse um ladrão, um ladrão famoso e eficientíssimo, roubaria essa ausência e a jogaria no mar para que ninguém mais pudesse sofrer por causa dela, muito menos Ele. Mas Ele não era um ladrão, é claro; pulava uma folha e arrancava a seguinte, e continuava assim, livro após livro, tentando não pensar no que estava fazendo, sabendo que era vítima de uma dor tão profundamente paralisante que não conseguia nem chorar, sentindo-se só pela primeira vez em muito tempo, falando sozinho, tentando dizer a si mesmo — sem conseguir — que nem tudo o que combinaram que ficaria unido tinha se rasgado e se separado como as folhas que Ele arrancava dos livros e que jaziam à sua volta, no chão, pouco antes de Ele recolhê-las e jogá-las no lixo.

2

Já estava completamente acordada quando sua amiga atravessou a porta e fechou-a suavemente ao sair do apartamento; acordara bem antes, no instante em que D. se sentou à mesa da sala e começou a tomar o café da manhã fingindo que Ela não estava lá. Ela preferiu fingir que continuava dormindo, porque senão as duas teriam que conversar e acabariam abordando a razão pela qual Ela estava ali, no apartamento de D., fingindo que dormia no sofá, ouvindo os ruídos que a amiga fazia ao ir e vir pela sala enquanto se preparava para sair para trabalhar. D. era dessas pessoas que não conseguem sair de casa sem chegar até a porta e ter que voltar para buscar algo que esqueceram.

Depois que D. finalmente foi embora, Ela ainda ficou por um tempo debaixo das cobertas. Ouvia os sons que vinham do edifício e respirava profundamente. Na tarde anterior, Ela tinha avisado que não iria trabalhar e pensou em começar a procurar um novo apartamento, mas estava sem forças para fazer isso. Um hábito que tinha desde a adolescência a fez imaginar como outra pessoa a estaria vendo nesse instante, no começo de algo que, agora, ainda parecia apenas um final. Se alguém pudesse observá-la naquele momento, pensou, seria obrigado a se perguntar como Ela chegara a essa situação, o que estava fazendo deitada no sofá de uma amiga portuguesa com nome de caçadora, com uma mala a seus pés e da qual ainda não tinha retirado nada, infligindo a si mesma toda essa dor e provocando-a em outra pessoa. Por que havia terminado com Ele? Como todas as perguntas, esta tinha uma resposta simples e uma resposta complexa, mas Ela não gostava de nenhuma das duas e preferia nem sequer pensar na pergunta, que, no entanto, era inevitável se quisesse continuar brincando da brincadeira infantil de se ver através dos olhos dos outros, ali, deitada na sala de um apartamento que não era seu, respirando pesadamente.

Quando finalmente se levantou, preferiu adiar um pouco mais o momento de sair à rua e começou a andar pelo apartamento. Ela o conhecia bem; estivera ali outras vezes e, no entanto, parecia que estava pisando nele pela primeira vez, com poderes de que não dispunha nas outras ocasiões, quando um certo pudor a impedira de fazer o que estava fazendo nesse instante e que sempre tinha vontade de fazer quando entrava em uma casa nova, abrir gavetas, bisbilhotar nos armários, olhar debaixo das camas; procurar, enfim, nos objetos, e na forma como estavam organizados, algo que falasse sobre seus donos, como se todas essas coisas fossem as pistas de um crime de cuja existência só Ela sabia. Naturalmente, o crime era a identidade, a personalidade escondida ou oculta dos habitantes dessas casas, cuja ausência oferecia, paradoxalmente, a oportunidade de conhecê-los. A D. que emergia de seus poucos objetos, e que Ela podia abarcar com uma simples volta pelo apartamento, era diferente da D. que Ela conhecia, uma mulher jovem e mais ou menos inconsequente que chegara a Madri alguns anos antes porque queria continuar uma relação amorosa que, no entanto, terminara pouco depois. Quem foi mesmo que disse que as relações que dão certo num lugar geralmente não dão certo em outro? Não se lembrava, mas havia uma verdade um tanto desanimadora na frase, que D. talvez já conhecesse mas tivesse desdenhado, dando de ombros, como fazia toda vez que era confrontada com opiniões que a contrariavam ou com os erros que cometia. A D. que surgia dos objetos que havia reunido no apartamento desde a separação era bem diferente, pensava Ela. Em suas coisas, e na forma como essas coisas estavam organizadas, havia um desejo de ordem e simetria que não combinava com o jeito como ela se comportava com os outros ou falava de si mesma, como se a impetuosidade e a alegre improvisação com que fazia tudo servissem para esconder a necessidade profunda de uma ordem imutável, uma organização clara das coisas num apartamento cujos objetos revelavam com tanta eloquência quem ela era na realidade que, se ela soubesse, talvez jamais deixasse alguém entrar lá.

Ela ficou pensando se o apartamento em que ambos moravam até o dia anterior refletia pelo menos em parte sua personalidade, como o apartamento de D., ou se revelava a personalidade dele, ou então a existência de uma personalidade que era o resultado dessa espécie de animal de duas cabeças que é todo casal: não foi o único apartamento onde moraram nos cinco anos em que estiveram juntos, mas foi o primeiro em que Ela imaginou que ficaria mais tempo do que o período estabelecido pelo contrato de aluguel, um tempo que em outro momento poderia ter denominado, com uma frase vazia de significado, "para sempre". Ela sabia que a expressão tinha um sentido um pouco diferente do que tivera no passado, quando seu trabalho e o dele, tão diferentes, constituíam, apesar de tudo, um refúgio razoavelmente seguro diante das incertezas da vida profissional, e Madri não expulsava de si mesma casais como eles, que moraram aqui e ali até encontrar esse apartamento de onde podiam ver um pedaço do parque, várias ruas, algumas coberturas onde nunca havia ninguém e onde o sol resplandecia tanto que chegava a cegá-los quando as contemplavam em um instante de devaneio ou ócio. Ela se perguntou se Ele estaria nesse momento olhando as coberturas, com os olhos semicerrados, e desejou que Ele estivesse bem ou, pelo menos, melhor do que Ela, embora soubesse que era improvável. Pensou que talvez devesse ligar para Ele e tirou o celular da bolsa em que o deixara na noite anterior; havia oito chamadas perdidas dele e várias mensagens que Ela resolveu não ler. Pôs-se a pensar o que tinha acontecido, em que circunstâncias e por que haviam decidido — embora, na realidade, só Ela havia decidido, impondo a Ele sua decisão de uma forma que Ela sabia que era triste e cruel — deixar de ser um casal, desfazer o animal de duas cabeças, o monstro que haviam criado, separar-se definitivamente.

3

Ele não sabia por que haviam se separado; de fato, quanto mais pensava, mais difícil era explicar o que acontecera. Talvez Ela tivesse tomado a decisão durante o verão, num dia qualquer em que voltou para casa e contou a Ele como tinha sido seu dia, perguntou como tinha sido o dele, cozinharam juntos, discutiram qual dos dois se esquecera de comprar uma coisa ou outra, riram, depois viram um filme ou foram ler, um ao lado do outro, na cama ou no sofá da sala, checaram pela última vez no dia suas redes sociais — no celular, rapidamente —, escovaram os dentes no banheiro revezando-se para usar a escova elétrica, o enxaguante bucal, a pia, foram deitar, e Ele, como sempre, dormiu primeiro, deixando o mundo diurno — e seus problemas — para Ela. Quem sabe — continuava Ele — tudo tenha acontecido num dia assim, sem nada de importante e sem nenhum sinal de que algo importante aconteceria no dia seguinte. Talvez o que tenha acontecido é que Ela percebeu — assim como Ele, tempos atrás, tinha percebido — que não havia nem haveria nada além disso, nada além da repetição de algo banal e que não merecia ser repetido, a menos que se acreditasse que isso era a felicidade, que ela era assim, ou era assim que ela se manifestava.

Naturalmente, isso era a felicidade, ou a coisa mais parecida com a felicidade que era possível alcançar, Ele achava; mas conseguia entender que não fosse o bastante para Ela. No começo, tudo tinha um sentido que agora parecia ter se perdido, embora talvez só tivesse perdido a aparência de ter algum sentido. Talvez tenha sido por essa razão que Ela resolveu procurar um amante, quem sabe durante algum daqueles passeios de carro que Ela fazia de vez em quando. Volta e meia, Ela pegava um carro emprestado e dirigia pelos subúrbios de Madri durante horas, em busca de inspiração, ou ia a outras cidades, algumas tão distantes que era obrigada a passar a noite fora. Ele a acompanhou uma vez num desses passeios e ficou observando-a discretamente, estudando seu rosto paralisado em uma expressão de atenção e impaciência, seus olhos claros entreabertos como se houvesse algo diante dela — do outro lado do vidro, lá longe, na estrada — que a ofuscasse. Mas não havia nada, ou nada que Ele pudesse reconhecer, como se ambos tivessem formas diferentes de olhar, ou como se só Ela pudesse ver e Ele fosse cego. Quando dirigia, Ela era decidida e desajeitada; as mãos se moviam sobre as alavancas e os botões como se fossem estranhos ao tato e como se não estivesse segura do que fazia. Por outro lado, seu estilo de dirigir era confuso mas confiável; e Ela se gabava de nunca ter tido um acidente, nem uma vez sequer.

A inspiração desses passeios, para os quais Ela nunca o convidava, e das viagens, geralmente mais longas, que fazia a outras cidades e a outros países, não se refletia em suas obras ou, pelo menos, Ele não percebia isso. Era como se suas impressões tivessem um caráter negativo, como se Ela observasse as casas e os edifícios, especialmente os da periferia, como exemplos do que não deveria fazer, para evitar algum erro que, caso contrário, poderia cometer. Ele percebera esse aspecto, a excepcional originalidade do trabalho dela, assim que a conheceu, no fim de uma noite que passaram juntos no apartamento dela, uma das primeiras, quando pedira a Ela que lhe mostrasse seu trabalho e Ela abriu o computador e deixou que Ele examinasse alguns projetos e as fotografias de algumas maquetes. Esses edifícios seriam construídos ao longo daquele ano, mas Ela nunca ficaria satisfeita com o resultado, sobre o qual não teria nenhum controle: a construção ficou a cargo de um dos três donos do escritório onde Ela trabalhava, e o homem acrescentou alguns ornamentos exteriores que Ela uma vez descreveu como "rabiscos mais ou menos geométricos de uma criança idiota, de saco cheio na sala de aula" e, em outra ocasião, mais diretamente, como "picas e sacos de velhos pendurados em cima de uma porta". Quando Ele pediu a Ela que lhe mostrasse um dos edifícios durante um de seus passeios pelos subúrbios, Ela se recusou, mas depois Ele procurou as imagens na internet: os ornamentos eram o que o público considerava a "assinatura" de seu chefe, um desses arquitetos espanhóis que gozam de prestígio notavelmente inferior ao dos colegas mais renomados ainda que, surpreendentemente, construam coisas que não se transformam imediatamente em ruínas. Mas não se pareciam com o saco de nenhum velho, pelo menos na opinião dele. A força original dos projetos que Ela lhe mostrara naquela noite havia desaparecido, no entanto, e Ele notaria essa ausência em cada uma das obras que nos anos seguintes Ela projetaria mas não executaria, obras que seriam executadas por seus chefes no escritório de arquitetura, homens de idade avançada, apreciadores dos ângulos retos e dos planos sobrepostos como o olhar de um estrábico.

Como Ela conseguia aguentar? Talvez Ele não tivesse perguntado a Ela o suficiente, absorto como estava na escrita de seus livros e nas outras coisas que fazia, todas elas governadas por uma liberdade e uma disponibilidade que exigiam, por contraste, uma organização bastante rígida, uma certa previsibilidade nos acontecimentos mundanos que provavelmente

Ela não toleraria. Cada vez que pensava nisso, sentia que o ar lhe faltava; suas emoções se agitavam, formando uma onda enorme que primeiro se erguia diante de seus olhos e depois o engolia, despedaçando-o com sua força. E, no entanto, não conseguia deixar de pensar nisso, jogado no chão ou na cama, muitas vezes no escuro, vítima de uma dor física que sabia que, de alguma maneira, estava provocando em si mesmo, apesar de não ter sido o responsável pelo diálogo cheio de lugares-comuns com que Ela terminara com Ele, um diálogo que, em outras circunstâncias, teria lhe causado risos. Ela disse, simplesmente: "Quero falar com você". Mas depois começou a chorar: sempre achara que Ela parecia mais mole do que Ele, mas que, na realidade, era mais dura, e naquele momento descobriu que estava enganado, que era Ele quem parecia mais mole do que Ela, mas, na verdade, era mais duro. Horas mais tarde, Ele também cairia no clichê, mas não se arrependia do que perguntara a Ela pelo fato de ser um lugar-comum, e sim por causa da resposta dela, que Ele preferia não ter escutado. "Você está saindo com outra pessoa?", Ele perguntou. E Ela respondeu que sim.

4

No início, Ela pensou em contar a Ele de outro jeito. Imaginou a si mesma vendo televisão e respondendo a Ele, que perguntava da cozinha se Ela queria alguma coisa: "Sim. Quero ir embora daqui". Que fosse Ele quem perguntasse por quê, ou, melhor ainda, que achasse que era uma piada dela, que sorrisse ao vê-la juntar suas coisas, que fechasse a porta atrás dela com uma gargalhada e que continuasse rindo muito depois de Ela pegar o elevador e desaparecer da sua frente. Nada disso era possível, é claro, mas Ela se refugiou em planos desse tipo durante as semanas anteriores, durante todos esses dias em que suportou o aperto no peito, o nó na garganta e todas as outras coisas que sempre achara que eram metáforas, e não manifestações físicas reais de uma intuição que cedo ou tarde se tornaria decisão tomada, que na verdade já era uma decisão que apenas aguardava que Ele tomasse conhecimento dela. Por que decidiu se separar dele? Algum tempo depois, alguém lhe mostraria estatísticas que, segundo essa pessoa, explicariam o que Ela havia decidido e por quê. Mas Ela não aceitaria esses argumentos, ainda que, de certa forma, a absolvessem, atribuindo a decisão à sua idade, à sua renda, a uma certa inércia que constituía a manifestação mais explícita de como eram os tempos e de como eram as coisas. Ela não aceitaria esses argumentos, contudo, porque decidira assumir sua responsabilidade e queria que sua decisão fosse resultado do que estava acontecendo com Ela e de suas convicções — e também de seus desejos, é claro —, e não de algo estatisticamente inevitável. Que fosse, Ela pensava, resultado do que sentira pela primeira vez no dia em que apareceu o pássaro.

Naquela tarde, dois dias antes, quando Ela chegou do trabalho, Ele já tinha colocado duas cadeiras em frente à maior janela do apartamento. Fazia isso às vezes, em geral no começo do verão, para aproveitar o sol: gostava de sentir a claridade enquanto lia, o calor se espalhando pelo rosto e pela raiz dos cabelos e cobrindo-o enquanto sua mente estava em outro lugar, como se o sol fosse um dos cobertores sob os quais Ele se escondia para ler quando era menino, a sós em um mundo minúsculo mas totalmente seu, onde nem os pais nem os irmãos podiam entrar. Ela — que não gostava tanto do sol quanto Ele e colocava sua cadeira atrás da cadeira dele para que o sol banhasse suas pernas, mas não chegasse a tocar seu rosto — achava que todas as decisões que Ele tomava, e em particular a de se tornar escritor, o que acontecera muito antes de conhecê-lo, eram o resultado ou o prolongamento do seu desejo infantil de proteção e isolamento, uma maneira de continuar brincando das mesmas brincadeiras da infância. Mas nunca disse isso a Ele: achava que, se dissesse, a resposta dele seria que tudo o que fazemos na vida adulta é um prolongamento ou um resultado do que fomos quando crianças. Uma vez, Ele deixou que Ela o observasse enquanto escrevia, e Ela ficou impressionada com a expressão de profunda concentração que se instalou no rosto dele assim que começou a digitar. De vez em quando, Ele se levantava e ia buscar uma garrafa d'água na cozinha, ou então ia ao banheiro. A todo instante, levantava e logo se sentava de novo, sem saber por que tinha se levantado nem o que tinha ido buscar. Às vezes, também desviava os olhos da tela do computador e olhava em volta, como se estivesse procurando algo: se de fato estava, Ela não sabia o que era; simplesmente não conseguia ver o que Ele via. Nunca entendeu por que Ele, depois de digitar de maneira frenética durante algum tempo, acabou fechando o computador e encerrando o experimento. Talvez não conseguisse escrever com alguém olhando, pensava Ela. O mais provável, contudo, era que Ele tivesse percebido que Ela estava vendo algo que o envergonhava, algo que Ela nunca mais conseguiria afastar da mente toda vez que Ele dissesse que andou escrevendo ou que alguém perguntasse a Ela sobre Ele e seu trabalho: um rosto infantil, o rosto de um menino que levava demasiadamente a sério o prazer de inventar coisas e fazer com que os outros acreditem nelas. Não havia nada além disso em seu trabalho como escritor, embora Ele escrevesse o que chamava, um tanto pomposamente, de "não ficção", o que significava que sua margem de invenção era reduzida ou quase inexistente. Havia também, é verdade, o entusiasmo sempre breve causado pela finalização de um livro e sua publicação, e as viagens e o cansaço que sentia em seguida: depois de certo tempo, Ele não tinha vontade nenhuma de que falassem sobre seus livros e, quando alguém o fazia, Ele geralmente mergulhava em um estado de alerta singular, como um animal parado há tempo demais ao lado de uma poça d'água, matando uma sede que nem ele mesmo sabia que tinha, e que percebe, de repente, que está oferecendo o pescoço aos predadores.

Uma brisa seca e quente entrava pela janela trazendo os sons costumeiros do bairro, as buzinas, as risadas, o ruído dos helicópteros que observavam Madri do céu e projetavam sua sombra tenebrosa sobre as ruas e os edifícios desde que alguém cometera um atentado, alguns anos antes. Eles moravam longe dos hospitais, mas às vezes ouviam a sirene de uma ambulância que tentava vencer a resistência dos outros motoristas, dos turistas — que passeavam pelo centro em grandes quantidades desde que os lugares aonde costumavam ir de férias haviam se tornado caros demais ou excessivamente perigosos — e dos entregadores em bicicletas, que se movimentavam como gafanhotos, deixando atrás de si um rastro de suor e frustração e algumas pizzas ou outras coisas que as pessoas compravam cada vez mais pela internet. Em alguns minutos o sol iria se pôr e eles seriam obrigados a interromper a leitura, ou então teriam que ler em outro lugar, talvez no quarto, mas de repente uma sombra entrou pela janela e se esborrachou contra a parede da sala, agitando as asas nervosamente. Ele se levantou, Ela deixou cair o livro que estava lendo: o intruso não conseguia encontrar a saída. O pássaro não era grande — Ela não soube dizer de que espécie era, e mais tarde só se lembraria que tinha uma plumagem clara de cor indefinida, como a cor de um bolo salpicado de açúcar —, mas soltava um guincho agudo e angustiado enquanto se chocava contra as paredes, soltando penas e quebrando objetos. Depois, caiu na pia da cozinha e ficou ali por alguns instantes, talvez, Ela imaginou, porque suas patas escorregassem na superfície metálica, ou então porque ali o bicho se sentia a salvo, mas não houve tempo suficiente para que Ele pudesse se aproximar. O pássaro logo saiu voando de novo, bateu em uma luminária e depois em uma das estantes. Ela esperava que a janela aberta chamasse sua atenção e o atraísse para fora, mas parecia que a luz o havia cegado. No desespero do pássaro, havia violência, mas também orgulho e força; um coração que martelava com minúsculas pancadas e estava disposto a destruir tudo. Era preciso fazer alguma coisa, pensava Ela, mas Ele não saía do lugar e Ela estava paralisada; se Ela conseguisse falar, se não estivesse com a sensação de que tinha que falar em um idioma estrangeiro que não conhecia, teria avisado que Ele estava bloqueando a saída, que o pássaro nunca chegaria perto da janela enquanto Ele estivesse diante dela, cortando a passagem. Mas não disse nada, e Ele não se deu conta de que precisava sair do lugar até que o pássaro bateu pela última vez contra uma parede e caiu no chão. Tudo aconteceu em um lapso de tempo que pareceria longuíssimo cada vez que Ela se lembrasse dele, mas que na realidade foi breve, insignificante em relação ao tempo em que estavam juntos, e, no entanto, foi decisivo para os dois. Quando Ele deu o primeiro passo em direção ao pássaro, que jazia morto ao pé da estante, ao lado de uma tomada, desabou sobre Ela, com toda a força, o peso de tudo o que vinha sentindo nos últimos meses, do monte de incertezas que haviam se acumulado e ocupavam seus pensamentos quando estava em casa, quando pensava que era inevitável que as coisas continuassem sendo do jeito que eram, não importava o quanto eram boas quando analisadas objetivamente, que as coisas que sentia e que às vezes a paralisavam, quando os dois lavavam os pratos depois de jantar ou conversavam naquela espécie de idioma particular que haviam criado juntos, e no qual já nem precisavam conversar, porque o modo como viviam e a forma como haviam se acomodado um ao outro excluíam qualquer enfrentamento verbal, qualquer possibilidade de uma conversa que não fosse perfeitamente civilizada e um tanto previsível — exceto em relação ao tema que Ela discutira com Ele semanas antes, uma discussão cuja mera lembrança era insuportável —, que tudo aquilo tinha um nome e era o imenso, imperioso desejo de ir embora dali e nunca mais voltar, não por Ele, que Ela amava agora de uma maneira simples e um pouco inevitável, mas sim por Ela, porque não conseguia imaginar que as coisas não pudessem ser de outra maneira, que o tempo que restava antes de envelhecer e morrer, ou antes dele morrer, que era um pensamento que a aterrorizava, fosse passar desse jeito rotineiro e medíocre, devorando-os. E foi nesse momento — quando Ele, depois de atravessar a sala, se agachou e pegou o cadáver do pássaro — que Ela entendeu que iria embora, que naquele mesmo dia terminaria com Ele. E então disse a Ele que precisavam conversar, mas sua voz lhe pareceu tão estranha, e o que ia dizer tão definitivo em suas consequências, que começou a chorar. Não conseguiu falar mais nada.

II.
Uma semana

I

Não havia ninguém, Ela não estava apaixonada por outra pessoa e sabia que não estaria por um bom tempo, então por que inventou que tinha um amante? Não sabia: quando Ele perguntou, Ela respondeu que sim praticamente sem perceber, como se Ele estivesse exigindo isso. De fato, talvez Ele tivesse feito a pergunta para poder explicar a si mesmo, e depois contar a outras pessoas, por que Ela estava se separando dele. Mais tarde, Ela viria a achar que tinha sido cruel e cometido um erro, que deveria ter dito a verdade e esperar que Ele a entendesse, embora nem Ela mesma fosse capaz de o entender completamente. Pensou que estava protegendo ao lhe dar uma explicação, por mais banal que parecesse; era justamente por ser banal, pensou, que a explicação o protegeria, protegeria a imagem que Ele tinha de si mesmo e o que Ele acreditava que era, ou tinha sido, sua relação com Ela; no fim das contas, as pessoas que são parte de um casal se apaixonam por outras pessoas, que também são parte de um casal ou então estão solteiras: isso acontece o tempo todo, e talvez seja doloroso, mas pelo menos é alguma coisa, alguma coisa que é possível dizer e compreender, e não isso que Ela estava sentindo, e então Ela não pensou, ou pensou só por um segundo, e disse a Ele que sim, que havia outra pessoa, e depois de mentir fechou os olhos, como alguém que, no momento em que o copo escorrega das mãos, ao perceber que não vai conseguir agarrá-lo, fecha os olhos porque não precisa vê-lo se despedaçar no chão para saber que se quebrou, basta o estrondo.

2

Ele perguntou quem era, mas Ela não quis responder. Ele imaginou que fosse alguém do trabalho dela, um desses arquitetos de quem Ela era amiga, talvez mais do que amiga. Ou talvez fosse alguém que Ela conheceu em alguma de suas viagens, nesses passeios dos quais nunca trazia nada, só um monte de fotografias que, no dia seguinte, Ela lhe enviava por e-mail para que Ele visse quando quisesse e tentasse entender o que Ela vira e por quê. Na imagem que Ele criou do amante dela nas primeiras vinte e quatro horas depois da separação, havia, de certa forma, uma espécie de compensação imaginária, porque Ele achava que devia ser alguém muito diferente dele, alguém talvez tão jovem quanto Ele — apesar de nenhum dos dois ser exatamente jovem, em breve fariam quarenta anos, o que, pensava, para Ele era indiferente e para Ela também, embora um pouco menos —, mas com outra profissão e uma aparência física muito diferente da sua, alguém que fosse melhor de uma maneira ou de outra, alguém com dinheiro e algum futuro. Tinha ideias muito concretas sobre tudo isso, ideias que o angustiavam imensamente, mas das quais não conseguia se livrar; eram, na verdade, a única coisa em que conseguia pensar desde que Ela fora embora. De certo modo, toda a dor e a raiva que Ele sentia tinham se deslocado, o foco agora não estava mais nela, e sim no desconhecido que a roubara dele; aos olhos dele, Ela tinha sido seduzida. Ele imaginava algumas situações muito concretas em que isso poderia ter acontecido, e nenhuma delas envolvia qualquer responsabilidade por parte dela. Em alguns momentos, Ele a odiava; em outros, queria que Ela voltasse, que desse fim à sua aventura amorosa e voltasse para Ele, quando então Ele a receberia de volta, ou talvez não, ainda não tinha certeza. Uma parte egoísta e frívola de si mesmo — a parte que atribuía ao outro, ao amante — vivia lembrando que Ele tinha um livro para terminar e que precisava escrevê-lo antes de acabar o prazo que lhe fora concedido: havia dinheiro em jogo, não muito, mas o suficiente para os próximos meses; outra parte dele, no entanto, só sentia dor, uma dor que o deixava mudo e paralisado e o impedia de fazer qualquer coisa, exceto andar pelo apartamento, maravilhando-se com o pouco que sobrara nele depois que Ela foi embora, e fantasiando maneiras de ocupar todo aquele espaço vazio, que era ao mesmo tempo metafórico e banalmente literal; havia ainda uma terceira parte dele, digamos, com a qual Ele via a si mesmo sofrendo, expressando sua dor da forma que fosse possível, ligando para Ela sem parar e bisbilhotando suas redes sociais na esperança de que Ela desse algum sinal, para Ele ou para o mundo, de que não estava feliz, de que cometera um erro e ainda estava em tempo de corrigi-lo. Uma das três partes acabaria se impondo, certamente; mas Ele não sabia quando nem como. Não havia nada, exceto um imenso deserto de dor, e Ele precisava atravessá-lo, dizia a si mesmo. Isso levaria meses, no entanto.

3

Com exceção dele, ninguém telefonou para Ela na manhã inteira, o que a fez pensar que D. provavelmente já contara a suas amigas que Ela e Ele haviam se separado. Ficou pensando no que D. teria dito a elas. Na noite anterior, nem Ela mesma conseguira explicar o que tinha acontecido, nem D. lhe pedira isso: quando telefonou para dizer que tinha se separado dele e que estava saindo de casa, e para perguntar se podia passar alguns dias com ela, D. respondera que sim e lembrou-lhe seu endereço. Todo o resto foi muito simples e ao mesmo tempo extraordinariamente difícil, como costumam ser as separações: Ela passou a hora seguinte colocando numa mala alguns objetos e roupas enquanto Ele andava atrás dela, chorando e fazendo perguntas que Ela não tinha como responder cada vez que parava em qualquer cômodo da casa, inclusive no banheiro. Depois, Ela fez um macarrão, mas Ele não quis comer e Ela também não estava com muita fome. Enquanto jogava no lixo quase todo o macarrão, que formou uma montanha esbranquiçada e fumegante por cima das cascas coloridas de frutas e verduras, Ela pensou que era a primeira vez que terminava com um homem. Em todas as ocasiões anteriores, foram eles que terminaram a relação, sem dar muitas explicações e sempre de repente; com um deles, continuou a fazer sexo depois da separação, quando o encontrava ou quando ele a procurava. Mas, com Ele, isso não ia acontecer: na relação deles, o sexo tinha percorrido a trajetória habitual, que ia da frequência e veemência meio obsessivas, no começo, até uma periodicidade irregular, no final, quando não tinham mais nada para fazer ou quando um dos dois sentia uma necessidade tão urgente que conseguia arrastar o outro. O sexo não era ruim — ambos eram amantes imaginativos e generosos —, mas nunca fora o mais importante entre os dois. Se tivesse que responder à pergunta sobre o que os manteve juntos até então — se precisasse responder à pergunta que, de certa forma, vinha tentando responder desde o momento em que dissera a Ele que queria se separar, tentando explicar a Ele e a si mesma tudo o que haviam construído e por que ou como tudo isso deixara de existir —, Ela diria que não era uma coisa só, e sim várias, e entre elas estavam as conversas que tinham desde que se conheceram, meio que por acaso. Eram fogos de artifício, debates apaixonados em que Ele se comportava como muito poucos homens tinham se comportado com Ela até então, como alguém que analisava atentamente as opiniões dela, por mais extravagantes que parecessem a Ele. Juntos, os dois pensavam melhor, e era em busca dessa melhora que podiam passar horas conversando, rindo, discutindo e provocando um ao outro em uma ginástica verbal que alguém de fora — alguém que os visse conversando em um restaurante ou estivesse ao lado deles num ônibus ou numa loja ou na fila da bilheteria de um cinema, por exemplo — poderia achar que era uma manifestação de agressividade; que estavam, literalmente, discutindo. Mas eles nunca discutiam, ou só faziam isso por assuntos banais que não chegavam nem perto do aspecto mais importante da relação, que era a convicção que Ela tinha — e Ele também, disso estava certa — de que ambos eram, digamos, confiáveis, que nunca desapontariam um ao outro, e que tinham um projeto comum, um plano que nunca chegaram a formular explicitamente e que talvez sofresse ligeiras modificações de tempos em tempos, para adequar-se às circunstâncias. Um plano que era o de, poderíamos dizer, "estar juntos", o máximo possível e da forma mais consciente e deliberada que pudessem. Os pais dela tinham mais de quarenta anos de casados: se conheceram quando estudavam na universidade, prosperaram juntos, tiveram uma filha, viraram as costas para suas origens e viveram a fantasia de que seu país era rico, e depois tiveram que enfrentar a realidade; tentaram se separar durante toda a década de 1990 — ao longo desses anos, tiveram que lidar com a amante dele, com a depressão dela e com seu vício em remédios, do qual só se livrou com imensa dificuldade —, mas continuavam juntos e, de alguns anos para cá, pareciam felizes. Para Ela, era fácil pensar que isso era o que queria e o que, com algumas exceções, esperara de todos os seus relacionamentos e nenhum deles havia lhe dado até Ele aparecer em sua vida. Mas Ela acabara de arruinar tudo, dissera as palavras que nunca imaginou que diria — palavras que seus pais, apesar de tudo, nunca chegaram a dizer, só para dar um exemplo — e havia terminado com Ele, no fundo, pensava Ela, porque um dia, enquanto conversavam sobre outras coisas, sobre coisas completamente banais que não afetavam sua vida de modo algum, que diziam respeito a outras pessoas e a vidas diferentes da sua, Ela descobriu que Ele não queria ter filhos, que tinha pensado bastante no assunto e descartado a ideia.

4

Ela finalmente atendeu a ligação dele, mas Ele não conseguiu articular nem uma palavra e os dois ficaram chorando ao telefone, a respiração de cada um pouco a pouco ficando mais lenta e adequando-se de novo à do outro, como se respirar ao telefone fosse a única coisa que conseguissem fazer juntos agora. Quando, por fim, Ele conseguiu falar, perguntou a Ela como estava, e sentiu na resposta dela um afeto novo e ao mesmo tempo muito antigo, como se Ela tivesse voltado a ser a mesma do começo da relação, quando cada coisa que diziam um ao outro, por mais banal que fosse, ganhava uma intensidade e uma importância extraordinárias, porque era a primeira vez que surgia em suas conversas, ou por outra razão qualquer. Depois perguntou a Ela se tinha ido trabalhar naquela manhã, mas Ela não respondeu: era óbvio que não estava no escritório, e já era meio-dia. Quer almoçar comigo?, Ela perguntou; Ele respondeu que era melhor não, e perguntou se Ela estava com o outro, mas Ela disse que precisava ir embora e desligou. Ele jogou longe o celular, depois o pegou de volta e tornou a jogá-lo longe, e agora estava tentando se acalmar e voltar a respirar como haviam feito um minuto atrás pelo telefone, pensando na banalidade da separação e na dor profunda que ela causava.

5

D. ligou para Ela durante o intervalo de almoço; falava em sussurros para que as pessoas que comiam ao seu lado, no refeitório da empresa onde trabalhava havia algum tempo, não ouvissem a conversa. Depois de aprender o idioma e atravessar a longa série de trabalhos degradantes impostos aos imigrantes que chegavam ao país, D. foi contratada pelo escritório de arquitetura onde Ela trabalhava, primeiro para ser sua assistente e, pouco a pouco, assumindo mais responsabilidades no departamento de cálculo: era de uma eficiência inusitada, o tipo de pessoa que segura com seu trabalho um escritório inteiro, sob a indiferença e/ou o ligeiro desprezo dos superiores. Que todos eles fossem homens, só deixava ainda mais claro — dizia Ele, com quem Ela conversara em várias ocasiões sobre D. — que a indiferença e esse certo desprezo demonstrado pelos superiores decorriam do fato de D. ser mulher e imigrante. Ela não concordava totalmente com isso, mas pensava que talvez sua visão tivesse sido distorcida pelas oportunidades de que pôde usufruir, e que haviam sido negadas, ao menos inicialmente, por uma razão ou por outra, a sua amiga. Quanto a Ela, adorou D. desde o primeiro dia, e lamentou quando ela foi embora assim que lhe ofereceram um trabalho melhor em outro lugar. Mas, a partir desse momento, a amizade entre as duas se tornou mais profunda, agora que estava livre do peso dos conflitos inevitáveis entre pessoas que dividem o mesmo ambiente de trabalho. D. estava havia vários anos no país e tinha um espanhol preciso e musical, que se atrapalhava quando ela estava ansiosa ou com pressa; em última instância, no entanto, nada disso — que Ela sempre achou muito atraente — exercia qualquer efeito sobre os homens em volta de D., que pareciam não se interessar por ela, ou então se interessavam de uma forma diferente da que ela queria. Algum tempo antes, D. entrara nas redes sociais; primeiro nas mais tradicionais, onde o flerte é possível, mas, na prática, acaba prejudicado pelo fato de que as pessoas usam essas redes para expressar sua "opinião", o que geralmente revela coisas demais — quase todas negativas — a respeito delas, e depois se concentrou nas redes sociais cujo objetivo é encontrar um parceiro ou, mais frequentemente, facilitar um encontro sexual. A partir desse momento, D. teve vários amantes — às vezes mais de um ao mesmo tempo, coisa que Ela assistia com admiração —, mas não conseguiu estabelecer uma relação permanente com nenhum deles. Às vezes, o problema era com eles, mas, quase sempre, a dificuldade estava relacionada à própria natureza do mecanismo: a oferta é tão avassaladora que faz com que qualquer escolha pareça ruim, potencialmente restritiva e destoante do jogo que todos ali estão jogando. D. sabia de dois casais que tinham começado com encontros sexuais facilitados pela rede social; quase todos conheciam pelo menos um casal assim e sempre mencionavam o caso, mas Ela achava que essa menção — cacofônica, insistente — nas conversas sobre o assunto só podia indicar que era uma exceção, não a regra: pensava que todos esses casais formados nos aplicativos de relacionamento, de que todo mundo falava, eram unicórnios, que só serviam para lembrar, a quem quisesse, que os cavalos não têm chifres.

Uma vez, Ela disse isso ou algo parecido em uma conversa com as amigas, e elas reagiram com frieza. Uma delas tinha criado, havia algum tempo, um grupo de mensagens, e Ela — que no início só assistia às conversas com um ligeiro desinteresse — acabou participando ativamente. Achava que não tinha muito a contribuir — Ela tinha um companheiro, o que significava que, aparentemente, estava no fim de um percurso que a maioria das amigas não havia sequer iniciado, e no grupo só se falava disso, da dificuldade de realizar esse percurso —, mas logo descobriu que, se tinha algo a oferecer — além de sua leitura, digamos —, era uma certa distância, a possibilidade de observar os esforços de D. e de outras amigas solteiras como quem contempla, na segurança da terra firme, as braçadas desesperadas dos afogados. Mas, desde o dia anterior, Ela estava se afogando junto com as outras, e lembrou-se disso de maneira intensa e dolorosa quando D. lhe telefonou para perguntar como estava. "Não muito bem", admitiu. D. perguntou se Ela estava à vontade no apartamento e se precisava de alguma coisa, e Ela respondeu que sim e que não, nessa ordem: a conversa telefônica terminou ali, já que Ela não disse mais nada e ainda não contara a D. o que tinha acontecido, coisa que ambas sabiam. D. perguntou se Ela queria tomar um café no centro da cidade depois do trabalho, mas Ela respondeu que preferia ficar no apartamento. Argumentou que queria desfazer as malas, mas quando D. voltou no fim da tarde, com uma garrafa de vinho branco e um pouco de comida, Ela ainda não havia tirado nada das malas. Não sabia onde colocar as coisas, Ela disse, mas a verdade é que não teve forças para fazer nada.

6

Ele nunca havia pensado no que faria se Ela fosse embora algum dia, o que era uma ingenuidade de sua parte. Uma vez, para falar a verdade, Ele imaginou como seria se separar dela, mas imediatamente chegou à conclusão de que, se isso acontecesse, seria por decisão dele e, nesse caso, saberia exatamente o que fazer. Sentia atração por outras mulheres, é claro, mas achava necessário manter distância da instabilidade e do caos que pareciam se ocultar em qualquer situação imprevista, por mais sedutora que fosse. Também sentia uma profunda culpa que, nas circunstâncias em que estava, não podia sequer confessar a si mesmo pelo temor, talvez supersticioso, de que existisse alguma relação entre a separação e os acontecimentos pelos quais se sentia culpado; ou seja, que a separação fosse alguma espécie de castigo de alguém por algo que Ele fizera e queria esquecer. Anos depois, contudo, Ele ia poder se lembrar de tudo com clareza; quando já não tivesse que pensar que Ela quis se separar porque soube, intuiu ou adivinhou que Ele tinha ido para a cama com duas mulheres enquanto estavam juntos.

A primeira vez aconteceu quando estavam namorando havia mais ou menos um ano. Ele tinha sido convidado para falar sobre um de seus livros e, depois de sua intervenção, uma mulher se aproximou e começou a dar mole para ele. Ele nunca foi bom em perceber esse tipo de sinal, mas dessa vez a mulher foi bem clara, talvez até demais. O que Ele mais se lembrava, contudo, era que, enquanto falava, ela colocava a mão no pescoço o tempo todo, como se quisesse se enforcar. Ele sabia que não se tratava disso e deu trela, com uma espécie de compaixão: a mulher era mais velha do que Ele, e, quando colocava as mãos no pescoço, tentava esconder — e, na realidade, só deixava mais evidentes — as rugas que começavam a surgir nessa região, um gesto inútil de sedução que Ele achou profundamente atraente, já não se lembrava por quê.

Na segunda vez, foi Ele quem começou a azarar; ou melhor, foi Ele quem deu o primeiro passo, já que não houve azaração nenhuma, o que Ele achou bastante surpreendente. Mais uma vez, estava fora da cidade durante uma de suas turnês. Depois da apresentação, foi beber com os organizadores e seus amigos, mas eles foram embora, e Ele ficou sozinho com duas jovens que tinham se sentado no fundo da sala durante o evento. Já era tarde e Ele tinha bebido; quanto, exatamente, era algo que não conseguia saber naquele momento: tinha adquirido o que julgava ser uma lucidez excepcional e uma eloquência que só era atrapalhada pelo tamanho de sua língua, que nas últimas horas parecia ter crescido até se tornar grossa e pesada. Ele falava e as jovens o escutavam, mas já não tinha certeza se elas estavam de fato interessadas no que Ele tinha a dizer — e que, anos depois, Ele já não se lembrava o que era; algo certamente irrelevante ou prejudicial para a imagem que elas tinham dele e de seu trabalho, como costumam ser, por falar nisso, todas as declarações que um autor faz fora de seus livros —, embora parecessem não se importar muito com isso. Talvez fossem estudantes: pior, talvez fossem estudantes de letras, coisa que sem dúvida as prejudicaria de forma grave, se é que isso já não tinha acontecido. Naturalmente, eram mais novas do que Ele, embora talvez não fossem tanto assim.

Mas para Ele, naquele momento, a diferença de idade parecia enorme; pensou, ou achou que pensava, que essa era a razão pela qual as duas o ouviam em silêncio, expressando opiniões que às vezes eram contrárias ao que Ele dizia, mas estavam permeadas por um certo respeito um tanto condescendente. Ele ainda não tinha feito quarenta anos e, tão rápido assim, já ganhara a reputação de escritor "clássico", ou seja, respeitável, previsível, inócuo, que já não tem atrativo algum? Cada livro que Ele escrevia lhe dava a impressão de que estava sempre começando, mas sabia que suas impressões não tinham nada a ver com as dos outros e que as dos outros eram as que realmente importavam, por várias razões. Mais tarde, pensaria que aquela foi a primeira vez que percebeu que não estava preparado para aceitar a perda da juventude, apesar de sempre ter pensado que estava. Como todos de sua geração, Ele se considerava um "jovem velho" e não pensava em sua idade, embora isso — como Ele entenderia mais tarde — só acontecesse porque ainda não tinha idade suficiente para pensar no assunto. Quando tivesse, nunca mais deixaria de pensar nisso e de se lembrar daquela ocasião em que se viu frente a frente, pela primeira vez, com a passagem do tempo e com o fato de que não estava em condições de aceitá-la. Não estava naquele momento e jamais estaria, como quase todo mundo. A atitude das duas jovens — mesmo submissa — era, no entanto, e por essa razão, uma forma de humilhação e de desafio. Uma afronta meio boba, mas muito eficaz que, Ele pensou naquele momento, precisava enfrentar se queria mudar a imagem que elas tinham dele e preservar a imagem que Ele tinha de si próprio. Algumas semanas mais tarde, um grupo de mulheres denunciaria um produtor cinematográfico e alguns atores; pouco depois, milhares de mulheres fariam a mesma coisa em todo o mundo; as histórias seriam muito parecidas entre si e revelariam um aspecto no qual pouca gente prestaria atenção: que os abusos denunciados por essas mulheres não eram causados por algum desvio narcisista dos homens que as violentaram — e que, por causa disso, eram alvo de processos judiciais, embora também dessa vez tudo acabasse se restringindo, na maioria dos casos, e por diferentes razões, à simples denúncia, à qual se atribuía um poder terapêutico no qual Ele não conseguia acreditar, ainda que talvez esse poder existisse de fato —, mas sim por um consenso sobre as relações econômicas e políticas entre homens e mulheres, que ninguém colocava realmente em questão. Durante essas semanas, Ele se lembraria de que Ela não tinha chances de ser promovida no escritório em que trabalhava, onde arcava com a maior parte do trabalho, porque seus chefes formavam um círculo impenetrável de masculinidade e velhice, mas Ele poderia ter se lembrado de muitas outras histórias que conhecia: em quase todas elas, por trás de cada editor, diretor de jornal, arquiteto estrela, designer, pintor de talento, escritor famoso, presidente de fundação cultural, de meio de comunicação ou de empresa, havia uma ou duas mulheres brilhantes que permaneciam na sombra, em geral fazendo o trabalho que os chefes não queriam e, na verdade, não conseguiam fazer. Essas mulheres tornavam possível, involuntariamente, a ostentação de virilidade e narcisismo de seus superiores, e ninguém era responsável por isso, embora todos fossem culpados — talvez Ele também — por esse estado de coisas, que não era denunciado a não ser pelas vozes mais dissidentes, que eram ignoradas para que muitos acreditassem que o abuso era um desvio, um acidente, e não a norma. Tudo isso acabaria virando pano de fundo para a mesma velha discussão sobre liberdade e responsabilidade, uma discussão sobre a qual Ele um dia gostaria de escrever um livro, se encontrasse um jeito de fazer isso. Mas, em geral, e com exceção de alguns poucos argumentos — nos quais Ele começou a pensar com frequência, especialmente porque não coincidiam com aquilo em que Ele acreditava —, todas as opiniões acabavam prejudicadas pela falta de um consenso mínimo sobre os termos do debate: ninguém mais sabia o que era a sedução, o que eram o abuso e o consentimento; em particular, ninguém mais sabia — e Ele ia ter que aprender por si mesmo, como todo mundo — o que eram e como se estabeleciam os relacionamentos amorosos, porque era evidente que a maneira como haviam se estabelecido tantas vezes no passado já não era mais adequada, devido a sua semelhança com os tipos de relacionamentos que agora eram repudiados, por boas razões. No futuro, Ele se surpreenderia ao pensar que ninguém com mais de vinte anos podia se vangloriar de não ter vivido — ou pior ainda, provocado — alguma situação que o novo consenso sobre os relacionamentos amorosos agora considerava condenável. Ele não se lembrava de alguma vez ter violentado uma mulher, mas era só sua opinião e, para ter certeza, teria que perguntar a todas as mulheres com quem fez sexo ou algo parecido; mas elas poderiam mentir, ou talvez nem sequer se lembrassem. O que será que elas lhe diriam? E mais, que consolo Ele poderia encontrar na constatação de que nunca havia abusado de nenhuma mulher, nem mesmo da forma mais leve? Às vezes pensava que estava condenado porque todos os homens estão, e aceitava o preço de pertencer a um coletivo de predadores insaciáveis, mesmo que não fosse um deles; outras vezes, ao contrário, achava que não devia se desculpar por algo que não fizera, e que não tolerava. Ele nem sequer se identificava com os lugares-comuns sobre o seu gênero: de fato, muitos homens ao longo de sua vida haviam deixado claro — em vestiários de colégios, em banheiros públicos, nas conversas sobre mulheres das quais Ele sempre acabava excluído, cedo ou tarde — que Ele não era "um homem", pelo menos não do jeito como eles pensavam. A opinião deles não o incomodava, por outro lado: Ele sabia quem Ele era, quase sempre, e não precisava apalpar as calças para se lembrar disso. Naquela vez, conversando com as duas estudantes — e apesar de parecer que esse era o seu objetivo —, Ele não queria exibir sua virilidade, só sua juventude, ou sua disponibilidade: se aproximou lentamente da jovem sentada ao seu lado no sofá, a que mais o atraía, e lhe deu um beijo.

A jovem parecia que estava esperando que Ele fizesse isso: não o repeliu nem fingiu surpresa; se abraçaram e, alguns minutos mais tarde, depois que a amiga foi embora, ela o pegou pela mão e o levou até o banheiro das mulheres. Transaram em um dos cubículos; do que Ele mais se lembrava era, além do sabor da pele dela, que Ele achou ácido ou amargo — nunca soube distinguir os dois sabores —, dos barulhos feitos pelas pessoas que entravam e saíam do banheiro e do ruído de fundo de uma música que Ele não notara antes. Acabaram se separando depois de alguns minutos, quando ficou evidente que nenhum dos dois alcançaria o orgasmo: estavam bêbados demais, e a jovem se vestiu rapidamente e fez um sinal de que Ele já podia sair. Depois, Ele pediu mais dois drinques, mas ela não tocou o dela: foi embora assim que pôde, dando-lhe um beijo na bochecha. Ele, que por um momento acreditou que, ao seduzi-la, estava provando a ela que não era um "desses" escritores e que não ligava para sua reputação nem para o que falassem dele, que ainda tinha — na verdade, que compartilhava com ela — a despreocupação e a espontaneidade dos jovens, percebeu que, na realidade, ao seduzi-la agiu exatamente como um escritor de meia-idade — uma expressão terrível, com a qual se recusava a se identificar e que, no entanto, começava a lhe cair como uma luva —, alguém que se apropria da juventude onde quer que a encontre. Ela também obteve algo, é claro, mas esse algo tinha mais a ver com a reputação dele do que com suas intenções; se Ele acreditasse que havia algo a ganhar, ou que alguém ganhara e alguém perdera alguma coisa, não saberia dizer qual fora o seu papel, se de ganhador ou de perdedor.

Um amigo a quem contou o caso — um dos raros amigos que conseguiu fazer ao longo de sua carreira de escritor, seja lá isso o que for — lhe respondeu que não devia se sentir culpado, porque não chegara ao orgasmo: a infidelidade se materializava, na opinião dele, quando o homem ejaculava, e ele, que era sistemática e obsessivamente promíscuo, tomava muito cuidado para não ejacular dentro das mulheres. O amigo era católico e, como todos os católicos, tinha um grande interesse por fluidos: sangue, lágrimas, sêmen. Mas Ele não se convenceu com o argumento; na verdade, achou-o uma estupidez e, nos anos seguintes, foi discretamente se afastando desse amigo. Sentia uma culpa que só era amenizada pelo fato de que Ela não sabia de nada, nem nunca saberia: se existia algum risco — à relação, à imagem que Ela tinha dele e, talvez, à imagem que Ele tinha de si mesmo —, Ele conseguira evitá-lo; mesmo assim, desde o momento em que Ela o abandonou, Ele não conseguia parar de pensar que a separação era uma espécie de compensação, que de alguma forma Ele "tinha procurado isso", por assim dizer, embora fosse evidente que a amava — com uma intensidade que a separação certamente tinha aumentado, ou servido para relembrar — e que o que acontecera naquelas duas ocasiões não tinha importância, nem para Ele mesmo. Só anos depois compreenderia como tinha sido estúpido e como se enganara a respeito de tudo isso; e também, praticamente, a respeito de quase tudo o mais.

7

Anos depois, Ela perguntaria a si mesma por que se privara dos homens, durante os primeiros anos de juventude, mas especialmente durante o tempo em que esteve com Ele. Não teve muitas experiências sexuais no começo da juventude, e todas elas foram dominadas pela ideia de investimento, pensava. Como todas as mulheres de sua geração, e outras mulheres de gerações anteriores, Ela investiu anos aprendendo a se vestir, a se maquiar, a se comportar como "uma mulher" e a ser reconhecida como uma delas: pelos homens, mas também, e sobretudo, pelas outras mulheres que, por sua vez, sabiam — porque tinham passado pelo mesmo processo — que ninguém "era mulher", mas se tornava mulher através de um extenso e nunca simples processo no qual a genitalidade desempenhava um papel limitado e nem sempre determinante. "Ser uma mulher" significava adotar algumas práticas que, sob a forma de brincadeira, eram exploradas pelas mulheres durante a infância — pintar o rosto, andar de salto alto, preferir algumas cores a outras —, mas significava também renunciar a toda uma dimensão da experiência que, de alguma forma e devido a alguma lei imprecisa, pertencia exclusivamente aos meninos. As renúncias que esse processo exigia e as práticas que impunha, cuja adoção demandava uma quantidade incalculável de tempo e esforço, transformavam a feminilidade em algo que devia ser cuidadosamente investido, depositado como um objeto de valor incomensurável em um relacionamento que fosse tão seguro quanto a caixa-forte de um banco. Quem estaria disposta a dilapidar esse bem em uma satisfação momentânea ou em uma relação passageira?, Ela pensava. E, no entanto, Ela dissera a Ele que queria se separar porque havia outra pessoa: se em algum momento achou que isso era uma boa ideia, agora estava convencida de que fora um erro, como quase sempre acontece quando dizemos a outra pessoa o que ela deseja ouvir. Enquanto fingia que jantava com D. — porque estava sem fome, na verdade — e contava o que tinha acontecido, Ela revelava algo a si mesma, mas também ocultava algo de si mesma e da amiga, principalmente a razão pela qual tinha dilapidado o investimento que fizera no relacionamento com Ele. D. a escutava, é claro, mas havia algo mais em sua atitude, uma certa resignação, que a fazia pensar que D. sabia que Ela não estava contando tudo. Ela vivia deixando cair as coisas, especialmente quando estava nervosa: quando D. perguntou quantos relacionamentos tivera na vida, Ela deixou cair uma taça de vinho no tapete. As amigas caíram na risada com esse acidente em momento tão oportuno, e Ela se abaixou para secar o líquido derramado. Talvez as revelações devessem ser feitas sempre assim, debaixo de uma mesa, balbuciando; mas a verdade é que não havia muito a revelar: tivera um namorado nos anos da adolescência, mais tarde outros dois na universidade; com o último deles fizera a transição para a vida profissional, mas, com exceção de um fotógrafo com quem tivera uma relação não muito satisfatória durante alguns meses, ficou praticamente sozinha durante vários anos até que, finalmente, começou a sair com Ele.

Todos os seus namorados haviam terminado com Ela. Alguns, por uma razão banal: Ela estudava demais e não tinha tempo para namorar, ou pelo menos foi o que disseram o primeiro e o segundo. O terceiro só disse que preferia ficar sozinho, mas por uma razão que não era banal: resolveu que queria morar perto dos pais, em uma cidade do norte do país, e disse que devia a eles — especialmente a sua mãe — os anos que passara em Madri estudando, e que era uma dívida que teria que pagar pelo resto de seus dias. Tinham acabado de terminar a universidade. Ela não queria voltar para o norte, que era de onde Ela vinha, assim como o namorado; tentaram continuar o namoro à distância durante algum tempo, mas a relação acabou se transformando em uma guerra de nervos que, no entanto, não durou muito, já que os pais dele, digamos, acabaram vencendo.

De todos esses namorados Ela tinha notícias, ou dava um jeito de saber deles pelas redes sociais. O namorado da adolescência foi o que teve uma vida mais parecida com a dela — um trabalho relativamente estável, uma companheira —, até que a crise econômica o atingiu e, a essa altura — já desempregado e separado —, passava metade do tempo nas redes sociais tentando fingir que sua situação não tinha mudado e, na outra metade, compartilhava artigos da imprensa mais extremista e culpava o partido governante pelo "estado de coisas". O segundo trabalhava como arquiteto nos países árabes e postava fotografias de recepções de hotéis e das comidas que pedia pelo serviço de quarto: esse talvez fosse o mais bem-sucedido e, ao mesmo tempo, o mais infeliz dos ex-namorados, embora Ela achasse que todos eram infelizes de um jeito ou de outro, no que talvez houvesse uma projeção de sua própria insatisfação ou de sua insegurança. Uma vez conversou com D. sobre o fato de que, algum tempo depois que nos separamos delas, todas as pessoas por quem nos apaixonamos acabam parecendo outras, como se tivessem tirado uma fantasia que, provavelmente, nós mesmos havíamos vestido nelas. Por outro lado, no entanto, tudo o que essas pessoas fazem depois que se separam de nós é terrivelmente previsível: revela algo que já estava lá e que não conseguíamos ver, talvez durante anos. E foi isso o que aconteceu com o terceiro, o namorado da universidade que voltou ao seu lugar de origem: continuava morando lá, ao que parece não muito longe da casa dos pais, com quem frequentemente tirava fotografias; cada vez mais, fotografia após fotografia, o rosto da mãe — que já era bastante enrugado quando Ela a conhecera: foi uma mãe tardia — degenerava em um retrato de sua miséria moral ao mesmo tempo que revelava o triunfo interior de ter conseguido manter a seu lado o filho, o único homem que amou e amaria em toda a vida. (Ele também a amava, é claro: seu rosto cada vez mais se parecia com o da mãe, como se o pai não existisse; quando a mulher morresse, a casa da família seria dele, e talvez só então o ex-namorado pudesse pensar em procurar outra mulher, se possível uma que fosse parecida com a morta.)

Havia mais uma história, mas Ela preferia não contá-la a D. porque achava que poderia ser mal interpretada; e também porque constituía um desvio em uma vida que Ela preferia imaginar reta, como as linhas que traçava em seus projetos e em quase tudo o mais. Pouco depois de começar a universidade, no intervalo entre o namorado da adolescência e o segundo namorado, Ela dividiu apartamento com uma jovem por quem se apaixonou; ou seja, uma jovem com quem começou a dividir apartamento e por quem mais tarde se apaixonou depois de uma noite em que as duas encheram a cara em uma festa e, ao voltarem para casa, tiveram a maravilhosa ideia de dormirem juntas na cama dela porque o quarto da amiga, que acabara de ser pintado, ainda estava com cheiro de tinta. Não se apaixonou nessa noite, pensava, mas sim um pouco depois, quando fizeram amor de novo e Ela superou a confusão que sentira na primeira vez, que foi parecida com a surpresa que alguém sente quando se vê em uma câmera de segurança ou em uma filmagem caseira: você vê que é você e que está fazendo alguma coisa, mas o que você está fazendo, e a sua própria aparência, não coincidem necessariamente com o que você pensa a respeito de si mesmo e de sua imagem. Com o tempo, Ela — que nunca se consideraria lésbica, apesar desse incidente — passou a gostar cada vez mais do sexo com a amiga, que era tão diferente do sexo com os homens que conhecera, com o namorado de adolescência e com mais dois ou três rapazes cujos rostos tinham se apagado: os nomes Ela nunca chegou a saber, ou então já esquecera. Mas não era o sexo com a amiga o que mais a atraía nessa relação, mas sim, e sobretudo, a intimidade que conseguiram criar, a facilidade com que ambas entendiam e adivinhavam o desejo uma da outra e a grande quantidade de formas que esse desejo adquiria, já que estava liberado da obrigação de terminar em penetração, algo que parecia inevitável no sexo com os homens. Foi útil para Ela submeter a imagem que tinha de si mesma à prova prática dos meses em que esteve apaixonada por uma mulher, mas não conseguira chegar a conclusão alguma, a nada que realmente a convencesse. Mas tudo terminou mal: uma noite, voltou ao apartamento e largou suas coisas rapidamente para se jogar na cama com a amiga. Era um dia úmido e calorento — algo bastante atípico em Madri, embora a essa altura os efeitos da degradação do clima já estivessem se tornando evidentes —, e Ela desejava a amiga com uma intensidade incomum. Tirou a roupa e cruzou a sala do apartamento; já estava em frente à porta e estava prestes a abri-la quando ouviu um barulho: a amiga estava com alguém. Curiosamente, o que não pôde lhe perdoar foi o fato de que esse alguém era um homem, porque parecia-lhe uma traição ao que ambas haviam criado e uma espécie de retrocesso: imediatamente perdeu o interesse pela amiga e jurou nunca mais ir para a cama com outra mulher. Foi embora do apartamento assim que pôde, e nunca mais ouviu falar da jovem depois que terminou a faculdade. De fato, nunca a procurou nas redes sociais, mas a amiga, sim: anos depois lhe pediu "amizade" numa delas, por exemplo, mas Ela a ignorou, e ficava satisfeita ao pensar que não tinha curiosidade alguma sobre o que acontecera com a antiga amante.

Ainda estavam jantando quando a campainha tocou. Ela deu um pulo, mas D. a tranquilizou com um gesto. Quando D. abriu a porta, Ela viu que eram duas amigas, E. e A. Aparentemente, o veto de falar sobre a separação, que D. tinha imposto às amigas para protegê-la, acabava de terminar e Ela agora teria que dar explicações sobre a separação e sobre o que faria a seguir. O problema era que não sabia por onde começar: não sabia nem mesmo que palavras usar.

E. costumava dizer que não tinha certeza do que os homens esperavam dela, mas sempre fazia o que eles queriam para ver se, por acaso, acabaria sentindo prazer também. Isso nunca acontecia, como era previsível; mas E. continuava tentando, volta e meia, e era exatamente isso o que Ela admirava na amiga: não a convicção com que perseguia a impossibilidade de algum dia seu desejo coincidir com o de outra pessoa, mas sim a disposição para a ação e a resistência ao desânimo. E. era uma pessoa singular, Ela achava: sua aparência era juvenil demais e dava a impressão de ser uma impostura — por exemplo, se não estava enganada, E. tinha trinta e sete anos, a mesma idade que Ela, mas vestia saias e blusas que de alguma maneira evocavam, indiretamente, os uniformes escolares —, embora sob a aparência dessa suposta farsa se ocultasse o fato de que, na realidade, E. tinha o que poderíamos chamar de uma personalidade juvenil. E. se vestia como uma adolescente para fazer os outros acharem que ela fingia ser uma adolescente; mas a verdade, mais singela, era, no entanto, que não havia fingimento algum, e Ela descobriu isso pouco depois de começarem a trabalhar juntas. Como várias de suas amigas, E. foi sua estagiária, mas por pouco tempo; os fatos, Ela só conseguiu reconstruir algum tempo depois que E. foi mandada embora, porque não percebeu — ou preferiu não perceber, já não lembrava — o que estava acontecendo. Mas o que aconteceu não foi nada de extraordinário: duas semanas depois de começar a trabalhar no escritório, E. passou a se encontrar em segredo com um dos arquitetos que trabalhavam lá.

Trivialmente, ele se declarou a ela, ou algo parecido, ao lado da fotocopiadora, numa noite em que todos já tinham ido embora; ele tinha mulher e dois filhos, mas dizia a E. que "pra ele, estavam mortos", o que Ela achava uma coisa terrível de dizer, mesmo que — e sobretudo se — fosse verdade. E. ainda morava com os pais; na verdade, nunca conseguira sair de casa. Os dois se encontravam em hotéis, ela contou, e às vezes transavam rapidamente no carro dele quando não havia ninguém no estacionamento. Quase sempre, contudo, transavam no escritório, depois do horário de trabalho. E. fazia hora num café ali perto; às vezes ele também, mas fingiam que não se conheciam; quando calculavam que não haveria mais ninguém, subiam separadamente e faziam amor no sofá da entrada. Um dia, Ela perguntou a E. como conseguia lidar com a precariedade da relação, mas E. a olhou perplexa, e Ela entendeu que o desprendimento da amiga e a incapacidade de reconhecer como a situação era sórdida constituíam a expressão, no plano dos afetos, de uma exigência de flexibilidade que era o sinal dos tempos. Como boa parte das pessoas de sua idade — e, é claro, das mais jovens que ela —, E. não conhecia nada que não fosse precário e provisório e se acostumara com isso, inclusive nas relações sentimentais, que não tinham prazos, não tinham certezas, só um peso imenso, disfarçado de possibilidade para parecer tolerável. Apesar disso, E. lamentou perder o emprego. Uma noite, depois do sexo, ela e o amante adormeceram no sofá da entrada; às três da manhã, no entanto, ele acordou e ficou furioso: sua mulher tinha ligado a noite inteira, mas o celular estava no silencioso. Ele não colocara nenhum alarme, nem avisara que chegaria tarde. E. ficou olhando enquanto ele se vestia correndo e saía sem dizer uma palavra. Na mesma noite, ele confessou tudo à mulher, que só precisou pressioná-lo um pouquinho, quase sem ter que pedir, para que ele desse o nome de E. Depois disso, ela foi mandada embora, mas ele continuou no escritório, o que Ela achava profundamente injusto: no fim das contas, cada um deles era tão responsável pelo caso quanto o outro. E. achava, no entanto, que era justo, mas só porque tinha internalizado a ideia de que ser estagiária a tornava descartável, alguém que podia ser trocada por outra pessoa para reduzir os danos causados por uma circunstância qualquer, mesmo que não tivesse nada a ver com a história. E. teve outros trabalhos desde então, quase todos por tempo limitado; se teve outros casos nesses trabalhos, não contou para as amigas. Parecia ter aprendido a lição, embora fosse óbvio — pelo menos para Ela — que essa aparência era enganosa, já que os relacionamentos que E. teve depois, e que contou para as amigas, reproduziam de algum modo a assimetria do que acontecera no escritório de arquitetura, ou então a colocavam no vértice de um triângulo. Talvez E. não quisesse relações que fossem estáveis ou tivessem alguma chance de se estabilizar, pensava Ela; talvez só quisesse se divertir, embora fosse evidente que aquilo que E. podia chamar de diversão era uma sucessão de obstáculos.

O que passava pela cabeça de alguém em uma situação como essa?, Ela se perguntava. E. teve outro amante, e se encontrava com ele na casa em que ele morava com a namorada. “O que esse cinzeiro está fazendo aqui, se nenhum dos dois fuma?”, ela lhe perguntou uma noite, e ele não soube o que responder: terminaram. Não tinha muito a ver, mas isso lembrou a Ela outra história, dessa vez não algo que aconteceu com E., mas algo que Ela tinha lido em algum lugar. Um homem de meia-idade, alguém com a consciência não muito limpa — a expressão “meia-idade” era sinônimo de consciência suja, pensava Ela —, viajava de carro com a sogra, a mulher e os filhos; estavam saindo de férias, se Ela bem se lembrava, quando o homem viu um par de sapatos de mulher embaixo do seu assento e pensou que eram da amante que, provavelmente, os esquecera ali. Ele não queria que a sogra e a mulher vissem os sapatos, é claro, então reduziu a velocidade, abriu rapidamente a porta e jogou-os fora resmungando algo sobre um problema no carro. Respirou aliviado: um perigo considerável tinha ficado para trás, pensou. Mas estava enganado. Pouco depois, a sogra, que dormia no banco de trás com as crianças, acordou; abaixou-se e ficou remexendo em suas coisas e nas coisas dos netos durante um bom tempo; em seguida, perguntou a ele se sabia onde estavam seus sapatos, mas o homem, inundado repentinamente por um suor frio, preferiu não responder; na verdade, preferiu não dizer nem uma palavra.

8

"Eles vão superar, já fizeram isso antes", Ela respondeu. Ele tinha perguntado se os pais dela já sabiam e o que achavam. Ele ainda não contara a seus pais sobre a separação, admitiu. Ambos tinham uma ótima relação com os progenitores, baseada, por um lado, em uma distância física e sentimental que ninguém jamais atravessava, e, por outro lado, na certeza — partilhada por todos, e em especial pelos pais — de que as vidas dos filhos eram demasiadamente complexas, tão diferentes das suas que não era possível dizer nada a seu respeito, na verdade: os padrões morais com que os pais haviam orientado suas vidas tinham ido por água abaixo e não serviam como parâmetro para a vida dos filhos. Não é, pensava Ele, que eles achassem que os filhos viviam no "futuro". (Ninguém falava nisso há uns vinte anos, desde que os entusiastas da ideia de que haveria "um futuro" tinham jogado a toalha, exaustos.) Era mais provável que achassem que os filhos viviam no passado, que eram membros de uma civilização antiga, já que viviam entre ruínas e não paravam de fabricá-las, trabalhavam em condições que eram as mesmas de uma época da qual eles só tinham ouvido falar pelos mais velhos, moravam em mundos virtuais que exigiam uma atenção e uma devoção religiosas, viviam praticamente isolados, não conseguiam fazer planos, estavam perdidos.

Nada do que os pais haviam vivido preparou-os para ter filhos assim: inevitavelmente, a comunicação que Ele tinha com os pais só contribuía para produzir mal-entendidos, mas Ela era mais hábil e tinha com os pais uma relação menos distante, de certa forma positiva, embora não menos triste. Ela tinha contado tudo, disse a Ele, o que significava que não havia possibilidade de reconciliação, já que Ela só contava as coisas aos pais depois que tinham acontecido, para evitar que se intrometessem. Embora Ele já soubesse disso, Ela voltou a dizer, enquanto andava pelo apartamento recolhendo suas coisas: não queria que eles dissessem nada, era uma decisão que Ela tomou sozinha, disse.

Tinham se separado — Ele continuava achando a expressão irritante — fazia só uma semana e, no entanto, Ela parecia mudada, pensou. Mais de uma vez, Ele tivera que admitir a si mesmo que não tinha a habilidade para observar os outros que, segundo dizem, é o capital mais importante de um ensaísta. Ele só prestava atenção nos cabelos, e isso poderia servir para as descrições de personagens se algum dia Ele resolvesse escrever ficção, embora — admitia — não servisse para mais nada, claro. Mas Ela não tinha cortado o cabelo, e sua roupa era a mesma que tinha levado do apartamento. O que mudara, então? Apesar de Ela ter ligado antes para avisar que passaria no apartamento para buscar algumas coisas e apesar, inclusive, de ainda estar com as chaves, Ela tocou o interfone quando chegou e depois bateu na porta, dando-lhe alguns minutos: provavelmente Ela previu que Ele precisaria deles diante da possibilidade de revê-la, embora não fosse impossível, pensou, que Ela também precisasse. Ele — por sua vez — aproveitou os minutos para encher um copo d'água e bebê-lo em pé, junto à pia; quando terminou, encheu-o e bebeu de novo, como se tivesse acabado de atravessar o deserto. Claro que tudo o que fizera desde que Ela saíra de casa, uma semana atrás, era muito parecido com uma provação desse tipo: sem apetite, sem chance de se concentrar no trabalho — estava devendo um livro a sua editora e também estava avaliando, a pedido dela, a obra de um novo autor americano, outra dessas promessas editoriais que desapareciam de um ano para o outro, como um corte de cabelo —, aterrorizado com a ideia de sair do apartamento, repassando de maneira obsessiva tudo o que acontecera entre eles nos últimos meses, tentando imaginar por quem Ela o trocara e por quê. (O repertório de razões possíveis era limitado, mas revela-se praticamente interminável quando os elementos eram recombinados: Ela decidiu se separar por tédio, porque não conseguiu escapar à tentação, porque estava irritada com Ele, porque o tédio a fez pensar que não conseguiria escapar à tentação, porque a irritação com Ele tinha se transformado em tédio et cetera.) Dormindo mal, enchendo a cara, deixando mensagens na caixa postal sem ter certeza de que Ela as escutaria, Ele tinha e não tinha atravessado o deserto, e também tinha percebido uma coisa: que nos últimos cinco anos não se dera ao trabalho de fazer amigos ou preservar os que tinha antes de conhecê-la. Não é que tivesse dado as costas a eles, é claro, mas muitos de seus amigos tinham se transformado, em primeiro lugar, em amigos dela; quanto aos demais, simplesmente perdera contato. Para Ele, a companhia dela era suficiente; de certo modo, tinha com Ela o grau máximo de sociabilidade que conseguia imaginar, e era uma sociabilidade extrema, por assim dizer: quando não estava trabalhando, estava com Ela, e às vezes também estava enquanto trabalhava. Todo o resto para Ele era supérfluo: era parecido com Ela também no sentido de que as conversas superficiais o deixavam entediado e esgotado, e tinha tendência, como Ela, a não prestar muita atenção ao que os outros diziam, que reproduzia depois de forma não literal, sem utilizar aspas reais ou imaginárias. Ambos só se interessavam pela própria reação ao que os outros diziam, e essa era sua principal limitação, tanto como ouvintes como em quase tudo o mais.

Ele nunca entendeu completamente o que são as tais "regras da amizade" de que falam algumas pessoas, ou talvez tenha entendido e desdenhado, por achá-las uma bobagem. A semana passou sem que nenhum dos amigos — que tinham virado amigos dos dois ou, pelo menos, era o que Ele achava — telefonasse, e Ele se deu conta de que, por uma razão ou por outra, todos os amigos ficariam do lado dela, e por respeito a Ela, e por respeito à relação que tinham com Ela, e para evitar problemas, ninguém tentaria fazer contato com Ele: de fato, ao longo da semana telefonou a dois deles e nenhum ligou de volta, teve que admitir, sem parar de beber um copo d'água atrás do outro.

Em que Ela havia mudado Ele só entenderia tempos depois, quando as coisas mudassem novamente: Ela tinha se libertado do peso que nos últimos meses lhe afundava os ombros e o peito e, agora, parecia, ou voltava a parecer, a pessoa que Ela era quando se conheceram. Será que o peso era Ele?, pensou. Ou era a relação? Não podia saber, mas a mudança era visível e lembrava a Ele uma mudança de estado, como a passagem do sólido para o líquido. Isso significava que Ela tinha descongelado? E, nesse caso, será que foi o amante que contribuiu para isso? Ela entrou no apartamento com certa timidez, como se já tivesse esquecido o lugar dos móveis e precisasse se orientar no escuro: quando Ele lhe ofereceu um copo d'água, Ela recusou, então Ele pegou um copo, encheu-o e levou-o aos lábios sem se dar conta do que estava fazendo. Continuava em pé ao lado da pia quando perguntou a Ela se já encontrara um lugar para morar e Ela respondeu que tinha alugado um apartamento em um bairro novo, no sul da cidade: preferia não morar no centro por um tempo, acrescentou. Ele disse que gostaria de conhecer o novo apartamento, mas Ela fingiu que não ouviu. “Me passa o endereço?”, perguntou, pegando o celular para anotar; mas Ela, que estava de costas para Ele, virou-se para observá-lo: de repente, Ele teve a impressão de que todo o peso das semanas anteriores havia caído novamente sobre os ombros dela. “É por causa do seu novo...?”, Ele começou a perguntar, mas sua voz morreu na metade da frase. Desabou numa cadeira e Ela sentou a seu lado, mas não o abraçou nem segurou sua mão. “Não tem ninguém, não tenho amante nenhum, não terminei com você por causa de outra pessoa”, Ela disse finalmente. Ele achou que Ela estava mentindo, é claro; mas imediatamente, e no fundo, acreditou nela, porque sentiu que estava sendo sincera e porque essa reviravolta nos acontecimentos aliviava seu ego muito machucado e lhe dava esperanças. Pensou que deveria então perguntar por que Ela havia mentido, mas, em vez disso, sentiu vontade de beijá-la. Ela se levantou, como se adivinhasse suas intenções, e foi até a mala aberta que estava no centro do quarto. Em alguns minutos, encheu-a desordenadamente de sapatos e roupas que teria que amassar para conseguir fechá-la. “Vou ter que chamar um táxi”, disse Ela, mas ficou olhando pela janela, observando pela última vez os tetos das casas vizinhas e o pedaço de parque que podia ver dali. Tudo começou com o pássaro que entrou pela janela e morreu dentro de casa, pensou; devia ser um pássaro de mau agouro, mesmo que não tivesse penas negras nem aparência sinistra: o bicho tinha dado forma a um pensamento que até então estava nebuloso. Nos anos em que moraram no apartamento, nenhum pássaro jamais entrara pela janela e Ela achava que isso nunca mais aconteceria de novo; Ela também nunca mais olharia por essa janela para ver as coberturas dos edifícios vizinhos e o pedaço de parque e, talvez, a vida que teria a partir de então, a vida posterior a esse instante, não fosse como tinha planejado. Uma vez perguntou a Ele como imaginava que eles estariam em dez, em vinte anos, e Ele respondeu que imaginava que estariam exatamente iguais, no mesmo lugar, com as mesmas coisas, com a absoluta disponibilidade que cada um tinha com o outro; como uma espécie de longa conversa. Ela também não gostava de mudanças, mas nos últimos meses tinha se tornado dolorosamente consciente da passagem do tempo; e também do fato de que o relacionamento dos dois não era tudo o que existia, mas apenas uma parte ou um estágio prévio. Nunca chegaram de fato a conversar sobre ter filhos, e talvez essa fosse a resposta dele à pergunta que Ela não chegou a fazer. Contudo, Ela precisava de uma confirmação, uma espécie de resposta clara que representasse um marco, um divisor de águas na relação e esclarecesse as coisas, presentes e futuras. Quando Ela finalmente conseguiu perguntar, Ele não pareceu surpreso; de fato, respondeu que já tinha pensado no assunto, mas depois ficou em silêncio. "E o que exatamente você pensou?", Ela insistiu, percebendo na mesma hora que a palavra *exatamente* não fazia nenhum sentido nessa frase e ao falar desse assunto. Ele a olhou nos olhos por um instante e, em seguida, desviou o olhar; perguntou, num sussurro, se Ela queria ter filhos. Ela respondeu que sim.

Talvez Ele tenha sentido naquele momento algo que Ela não podia sequer imaginar, e que Ele nunca conseguiria lhe explicar. Ela pensara muito no assunto, praticamente desde a adolescência: havia uma espécie de chamado biológico e esse chamado recaía em primeiro lugar sobre as mulheres, a quem a biologia impunha um limite, pelo menos temporal. Alguns homens não sentiam esse chamado, não pareciam nem mesmo capazes de entender do que se tratava. Esses eram os mais racionais, paradoxalmente o tipo de homem que mais a atraía. Devia ser algum tipo de mecanismo de compensação: se a parte mais racional do casal queria — sem nenhuma razão objetiva — ter filhos, a parte que sentia o chamado e não racionalizava a ideia, que só "sentia" que "isso" era "o certo", se sentiria respaldada. Mas Ele não agiu de forma racional, ou pelo menos não como Ela esperava: não tinha pensado realmente no assunto, não tinha nenhuma ideia a respeito, respondeu. Tinha, sim, uma espécie de aversão, como se fosse um chamado com o sinal invertido: um imperativo biológico a dizer não. Se Ela não o conhecesse tão bem, talvez, nessas circunstâncias, tivesse apelado a seu sentido de transcendência. Mas sabia que Ele não tinha nada parecido com isso: nesses cinco anos, Ele perdera alguns parentes por causa de doenças diversas e, em geral, devido à idade avançada; em todas as ocasiões, viveu o luto praticamente a sós e com discrição, e um dia confessou a Ela que nunca sentia saudade das pessoas que morriam: a morte as conservava na memória do jeito como eram, e isso lhe bastava. Lembrar delas não as tornava melhores, dizia; mas dava a elas a única forma de transcendência que pode existir. Com os parentes dessas pessoas, Ele não tinha nada em comum, nem se interessava por eles. Uma vez, quando um parente dela morreu — nesses anos, as mortes na família dela não foram tão numerosas quanto na família dele, por sinal —, Ela mencionou que sua mãe dissera que, pelo menos, a falecida deixava dois filhos e um marido devoto, mas Ele achava que essas palavras só serviam para consolar e eram sem imaginação: não havia nada da morta nos filhos nem no "marido devoto", nenhuma continuidade, Ele disse.

Ela, ao contrário, achava que os descendentes e as obras materiais permitiam que as pessoas continuassem "vivas" mesmo depois de mortas; ainda se lembrava de como ficara impressionada, quando era menina, ao descobrir que as pessoas cujos nomes estavam gravados na placa do banco da igreja onde se sentava quando ia à missa com os pais — um banco doado por essas pessoas — já estavam mortas: os nomes eram tão familiares que, para Ela, elas sempre estiveram vivas. Ele, por sua vez, e apesar de fazer parte de uma indústria que via nas obras de arte — em todas elas, mas especialmente nas obras de boa qualidade — um "legado" dos criadores às gerações futuras, não acreditava que as obras fossem suficientes para assegurar a transcendência; por outro lado, disse a Ela uma vez, quem poderia desejar que as pessoas falassem a seu respeito depois de sua morte: e mais, quem poderia sequer querer alguma coisa, se não estaria mais lá para assistir. Uma vez, Ela fez um comentário sobre a obra de um cineasta que acabara de morrer, mas Ele deu de ombros: lera um livro de entrevistas feitas alguns anos antes da morte desse diretor e achava ridículo seu interesse pela posteridade. São só filmes, respondeu: que fossem realizados por esse cineasta, em vez de qualquer outro, não tinha nenhuma importância, disse, exceto para o diretor e seus advogados. Não precisava nem conhecer as opiniões dele, que — Ele afirmava — tinham sido traduzidas por alguém que, estava na cara, ou não entendia polonês, ou não sabia espanhol. Se a posteridade era isso, disse, o diretor perdeu tempo ao se preocupar com ela.

(Ela também achava que não tinha nenhum desejo de transcendência, embora não ignorasse o fato de que em seu trabalho como arquiteta — e no desejo de que as construções que projetava durassem algum tempo: pelo menos o suficiente para desmentir a fama conquistada recentemente pela arquitetura espanhola, cujos principais expoentes pareciam incapazes de construir algo que durasse mais de uma década — havia um certo desejo de permanência. Na realidade, queria ter um filho para satisfazer um desejo irracional, mas também para avaliar a experiência, para vivê-la. O filho continuaria vivendo muito tempo depois que Ela tivesse morrido, mas Ela não queria se perpetuar no tempo através dele. Tudo o que Ela conseguia pensar, tudo o que conseguia imaginar sobre a existência de um filho, transcorria no presente.)

(Ele, por sua vez, na verdade tinha uma opinião sobre a paternidade, mas, como era comum nele, a opinião não era resultado de observações feitas ao ver os amigos — que já não eram seus amigos, na realidade, e sim amigos dela — terem filhos e se transformarem em outras pessoas; sua opinião sobre a paternidade era uma extrapolação do que acreditava ser o principal dilema enfrentado por esses amigos, mesmo que eles fingissem que o dilema não existia. Com exceção dos que "realmente" quiseram ter filhos — dois dos amigos; um deles, por convicções religiosas —, os demais — que também não eram tantos como em outras épocas, porque parecia que ninguém mais tinha condições de sustentar um filho, pelo menos não entre seus conhecidos — tiveram filhos por receio de que, se não cedessem, seriam abandonados pela companheira ou companheiro. Às vezes, o desejo era dela; outras vezes, dele — ou de qualquer um dos dois ou das duas, no caso de casais do mesmo sexo —, mas sempre, ou quase sempre, um lado cedia para que o outro ou a outra não fosse embora. Mas ali havia um paradoxo, já que os cuidados que um filho exige acabam deslocando o foco de atenção da outra parte do casal, de quem está cedendo, para o filho: quem não cede perde o parceiro, mas quem cede acaba perdendo também, pelo menos durante os anos em que a criança requer maiores cuidados. Não há maneira de resolver o dilema, pensava, embora o "dilema" surja com frequência; de fato, a mera menção ao dilema pode acabar com um relacionamento, como se fosse uma espécie de feitiço.)

(E havia outro argumento, que Ele, é claro, não tinha como levar em conta nesse instante, sentado à mesa ao lado de uma mulher a quem não pôde dar o que Ela pedia e que nesse momento, e pela primeira vez, entendia que era um filho. Era algo que Ele lera uma vez num ensaio escrito por um psiquiatra aposentado, na época em que ainda podia escolher os livros que avaliava para seus editores, uma regalia incomum no seu meio e que Ele conseguira por demonstrar, reiteradamente, um desprezo absoluto pelo dinheiro e uma certa habilidade para descartar os títulos supérfluos. Não lembrava muita coisa do livro, mas tinha presente algo que o autor dizia: os que querem ter filhos, ele afirmava, sofrem de um estado passageiro de alienação, que é um mecanismo desenvolvido para a sobrevivência da espécie; nesse contexto, de perda de contato com a realidade, toda argumentação destinada a confirmar ou desmentir a suposta necessidade de ter filhos fica em segundo plano diante da compulsão de procriar. Por outro lado, quem tem dúvidas, ou pensa no tema com maior ou menor racionalidade, acaba não tendo filhos. Nesse sentido, a natureza dos argumentos usados contra ou a favor da paternidade não tem importância: o mero fato de alguém levar em consideração esses argumentos indica que a capacidade de pensar racionalmente está relativamente intacta, o que permite supor que o paciente não terá filhos, pelo menos não de forma voluntária.)

"Você está pensando em levar a escada?", Ele perguntou. Ela sorriu pela primeira vez desde que chegara ao apartamento. "Não usamos nem uma vez desde que compramos", Ela pensou em voz alta. "Mas comprei com meu dinheiro", Ele respondeu. Ela o olhou fixamente durante alguns segundos e em seguida disse, afastando o olhar: "Pode ficar com ela". "Prefiro que você leve", Ele respondeu, e acrescentou: "E você me empresta quando eu precisar". Ela voltou a observá-lo e depois foi até a mesa em que Ele estava sentado: antes de chegar até Ele, tirou da bolsa um maço de cigarros e um isqueiro e começou a fumar. "Desde quando você fuma?", Ele perguntou, perplexo. Ela não respondeu. Deu uma tragada profunda e soltou a fumaça antes de dizer que não estava entendendo: "Acabou", Ela disse. Antes que pudessem perceber, os dois estavam chorando em silêncio, cada um em um canto da sala. Ela pensou que era o último momento que passava ao lado dele e achou-o precioso. Ele pensou que era o último momento que passava ao lado dela, mas logo depois pensou que a cinza do cigarro dela estava caindo no tapete e odiou a si mesmo por pensar isso. "Posso te ligar algum dia?", Ele perguntou, quando conseguiu falar. Ela balançou a cabeça negativamente. Se Ela tinha algo a dizer, parecia que já havia dito, e os dois ficaram em silêncio por um longo tempo. Ela acendeu outro cigarro e Ele ficou olhando enquanto Ela fumava sentada no chão. Pensou que gostaria de dizer que foi desse jeito que olhou para Ela no dia em que se conheceram, mas a verdade é que não tinha sido assim: de fato, Ele não tinha nem reparado nela até que a viu, muito depois de tê-la visto. Às vezes os casais que se separam continuam sendo amigos, mas Ele achou que propor isso a Ela seria oferecer uma versão degradada da relação que tinham até então, que, além da amizade, incluía o sexo e a intimidade: Ela merecia mais, pensou, e talvez Ele também merecesse. Ela se levantou e fechou a mala com dificuldade. "Todo o resto, tudo que encontrar que for meu, pode jogar no lixo", disse a Ele. Ambos começaram a chorar de novo e Ela o abraçou; ainda abraçada, Ela o beijou brevemente nos lábios e agradeceu, e Ele não entendeu por que Ela havia feito as duas coisas. Ela meteu a mão em um dos bolsos e jogou um objeto sobre a mesa: eram as chaves do apartamento. Ele foi com Ela até a porta e quis abraçá-la de novo, mas Ela não deixou: quando chamou o elevador, pediu a Ele que não ficasse ali, olhando para Ela, então Ele fechou a porta lentamente e, do outro lado, ficou ouvindo os sons que Ela fazia no corredor. Ele achou que Ela tinha começado a chorar de novo, mas o barulho do elevador abafou todos os outros sons. Um minuto depois, Ela não estava mais lá.

III.
Cinco anos

I

Ela já frequentava o supermercado havia algumas semanas, mas ainda tinha dificuldade para se orientar nele, o que significava que alguém fizera bem o seu trabalho: quando estava na faculdade, uma vez lhe contaram que os supermercados são planejados de modo que tudo que é supérfluo esteja bem à vista; já o sal e o açúcar, que não são, deviam ser difíceis de encontrar, por exemplo. O supermercado ficava a poucas ruas do novo apartamento, e Ela gostava de ir até lá, depois de anos fazendo compras pela internet: lembrava-se do começo do namoro com Ele, quando ainda iam juntos ao supermercado e discutiam sobre seus gostos; ainda não tinham um idioma comum, ainda precisavam explicar coisas. ("Estavam se conhecendo", é a expressão que A. teria usado para definir essa fase, por exemplo.) Algum tempo depois, já teriam uma língua em comum e, paradoxalmente, não precisariam mais conversar, pelo menos não sobre essas coisas: Ela já saberia que tipo de pão Ele comia; Ele, que espécie de arroz Ela preferia, porque nenhum dos dois bebia leite. Mais tarde, o site do supermercado onde faziam as compras semanais também ficaria sabendo de suas preferências: um dos dois escolhia os produtos de que precisavam na lista do que haviam comprado em outras ocasiões e, no dia seguinte, alguém fazia a entrega. Ele dava gorjeta aos entregadores; Ela não. Sempre achou que Ele parecia ter o coração mais mole do que o dela, mas, na realidade, era mais duro; no entanto, acabou descobrindo que estava enganada, que era Ele quem parecia mais duro do que Ela, mas, na realidade, tinha o coração mole. Dar gorjetas não representava nenhuma falha de caráter, é claro, mas Ela achava que podia ser humilhante para quem recebia e, no caso dele, era também uma forma de nostalgia. Ele trabalhara como garçom durante algum tempo, e as gorjetas que dava eram uma forma de compensação: dava a si mesmo, através dos outros, o que não lhe deram em outra época.

Às vezes, as lembranças se erguiam diante dela como as ondas gigantescas de um documentário sobre surfistas que tinha visto uma noite: enormes e ameaçadoras, curvando-se sobre si mesmas e mudando de cor a cada instante. Ela sabia que, se esperasse o suficiente, a onda quebraria antes de chegar à beira-mar e, quando a alcançasse, seria só um monte de água, um resíduo inofensivo. Mas não conseguia esperar tanto, pensava: quando via a onda se erguer, se jogava nela sem hesitar. Estava se libertando da anulação de si mesma a que — de forma involuntária, mas inevitável, como sempre acontece — se submetera para poder estar com Ele, para lhe dar lugar: provavelmente estava acontecendo a mesma coisa com Ele. Pediu a Ele que não ligasse de novo e Ele obedeceu, talvez por respeito e, quiçá, por ressentimento; confessou a A. que havia um mês não tinha notícias dele e A. não acreditou. Não tinha acesso ao e-mail dele? Talvez tivesse uma senha fácil de adivinhar, sugeriu.

A história de A. era um pouco diferente da de outras amigas. Casou-se ainda muito jovem e alguns anos depois teve um filho, com quem tinha uma relação ambígua ou, pelo menos, era o que Ela achava: por um lado, A. dizia que era a melhor coisa que acontecera em sua vida; por outro, reclamava do tempo que a criança exigia e acabava delegando ao marido os aspectos práticos da criação. Ela achava isso uma contradição, é claro, mas compreenderia mais tarde que ambas as atitudes eram compatíveis e, de certa forma, saudáveis. Eram uma forma de se preservar, na opinião de A. Naturalmente, a amiga tinha uma teoria a respeito, que lhe contou em alguma ocasião, mas Ela nunca se interessou pela teoria como se interessava por S., o marido de A., que demonstrava uma disponibilidade inquietante e absoluta: levava o menino ao colégio, buscava-o, preparava a comida dos três, arrumava a casa, buscava A. no trabalho, brigava regularmente, e com afinco, com os operadores de telemarketing que ligavam para tentar convencê-lo a mudar de companhia telefônica ou de gás, pagava as multas. Ela tinha visto S. em várias ocasiões ao lado de A. e ficara surpresa, pois ele praticamente não abria a boca. A. tinha um cargo razoavelmente importante em uma companhia de trabalho temporário, mas S. não trabalhava; não era capaz nem de olhar a esposa nos olhos quando havia outras pessoas em volta: parecia ter se acomodado em uma posição que, em geral, cabia às mulheres, talvez como uma espécie de reparação histórica. Mas que compensação poderia existir no fato de que um homem fizesse voluntariamente o que milhares de mulheres foram obrigadas a fazer ao longo da história? E por que S. achava melhor se sujeitar a isso do que denunciar que é aviltante uma pessoa se submeter a outra? Ela não tinha respostas para essas perguntas e nunca tivera a oportunidade de conversar com ele, mas o assunto lhe interessava e voltava a se lembrar dele cada vez que A. lhe mandava uma fotografia em que aparecia junto do menino, o que — aliás — acontecia muito raramente.

Ao perguntar a Ela se entrava no e-mail dele, A. foi obrigada a admitir que fazia isso frequentemente com S. E mais: também bisbilhotava seu celular. Uma noite, enquanto o marido dormia, A. descobriu que a luz refletida na tela do celular dele, na mesa de cabeceira, revelava com nitidez — quando se olhava de determinado ângulo — o rastro de impressões digitais que desenhavam algo parecido com um quatro de cabeça para baixo. Na terceira tentativa, conseguiu desbloqueá-lo. Desde então, o relacionamento tinha se deteriorado devido ao que ela encontrara no celular dele, admitia; nenhuma infidelidade, é claro, nada que a fizesse suspeitar do comportamento dele, e sim algo mais surpreendente e bem mais doloroso para ela: toda uma vida interior, alguns interesses e preocupações dispersos, mas recorrentes, que ele nunca mencionara a ela e sobre os quais A. não podia conversar com ele. Seu mal-estar com a descoberta podia ser interpretado de duas maneiras, pensava Ela: a primeira era que A. ficava magoada que S. guardasse seus interesses para si mesmo porque achava que ela não os entenderia; a segunda era que A. ficava indignada que S., de resto tão submisso, não a consultasse sobre esses interesses para obter sua aprovação. A segunda interpretação era a mais correta e a que Ela preferia, é claro.

Um pai perguntava ao filho enquanto Ela passava ao lado deles: "Vamos comprar essas flores pra sua mãe?"; a resposta do adolescente a surpreendeu: "Sei lá. É sua mulher, não minha". Quando chegou à seção de alimentos congelados, depois de ter certeza de que ninguém a via, pegou uma embalagem de seis iogurtes, retirou um deles e escondeu-o atrás dos outros alimentos. Desde que começara a morar sozinha, comprava as coisas em números ímpares, não sabia por quê; a compulsão era exagerada, mas irresistível: no carrinho que empurrava, havia três potes de geleia, uma tábua de queijos — as fatias estavam arrumadas na embalagem em forma de um arco-íris vagamente monocromático e eram sete, Ela tinha contado —, três pacotes de peito de peru, cinco latas de milho, três pimentões, nove latas de atum, três velas. Havia várias semanas, sentia uma dor insistente e inexplicável na parte superior das costas, em volta do pescoço, e por causa disso evitava carregar peso: pediria para entregarem as compras em casa e não daria gorjeta ao entregador, é claro. Precisava avisar isso à mulher do caixa que, nesse instante, atendia uma cliente à sua frente: a mulher do caixa usava uma jaqueta leve de algodão porque a temperatura continuava alta apesar do verão já ter terminado, pelo menos de forma oficial, e tinha um olhar bovino, de exaustão, que revelava que ela trabalhava em supermercados havia bastante tempo. A música ambiente e o som lacerante do scanner de produtos geravam um rumor que lembrava o dos aeroportos: paredões e mais paredões de tédio desmoronando em cima das pessoas com o som de um enorme bocejo, Ela pensou, enquanto apalpava as calças de forma instintiva, inutilmente; o celular, que vibrava com a chegada de uma nova mensagem, estava no bolso do casaco. Quando o pegou, viu que a fotografia de um pênis de tamanho considerável, embora não descomunal, enchia a tela; o homem que estava atrás dela na fila deixou cair o vidro que trazia nas mãos, a velha à sua frente se virou e a mulher do caixa olhou para os três com uma cara de espanto: o olhar bovino tinha desaparecido completamente.

2

Volta e meia, Ele tinha a impressão de que todas as canções falavam dela, ou de sua relação com Ela durante os cinco anos anteriores; às vezes, no entanto, eram coisas que o faziam se lembrar dela, ou se lembrar de como os dois haviam se conhecido: uma determinada raça de cachorros, um ônibus, uma mão aberta em que alguém anotou algo. Durante o primeiro mês depois da separação, procurou consolar-se dizendo a si mesmo que nunca fora realmente apaixonado por Ela, e sim pela ideia de que Ela fizesse parte de sua vida; mas tudo isso tinha terminado e, a partir desse momento, não se importaria mais com Ela, pensava. Obviamente, estava enganado. E a lembrança dela o assaltava em duas circunstâncias muito específicas mas corriqueiras: quando esbarrava em alguma coisa dela pelo apartamento — coisas que Ela deixara para trás, seja porque não precisava mais, seja porque havia esquecido — ou quando fazia pela primeira vez sozinho algo que nos últimos anos tinham feito sempre juntos. Paradoxalmente, era a nova experiência que parecia a mais intensa, não a anterior: quando tentava cozinhar algum prato que Ela costumava fazer ou colocava uma camisa que usara em alguma ocasião com Ela em que acontecera algo digno de ser lembrado — e, de forma mais geral, ou menos romântica, cada vez que precisava pagar algum imposto que antes ficava por conta dela —, o que sentia era tão penetrante que as pernas tremiam e achava que ia desmaiar. Às vezes, tudo isso o irritava mais do que conseguia expressar, o que se devia também à insônia, que o deixava em estado de irritabilidade e lentidão. Mas, em outras ocasiões, achava graça: como ocorre com muitas outras pessoas — os solitários e os egoístas e os inadaptados deste mundo —, seu conhecimento das coisas vinha mais dos livros do que da observação direta, e lhe dava prazer, não sem uma certa culpa, admitir a si mesmo que estava parecendo uma heroína romântica; tudo que estava sentindo era a demonstração de que, ao contrário do que acreditava até então, os desmaios da heroína nos romances de antigamente não eram exagero ou figura literária, pensava: aconteciam; de fato, podiam inclusive acontecer com Ele. Dessas histórias que tinha lido e, às vezes, traduzido — mas só no começo da carreira e porque era obrigado: era sempre invadido por um tédio mortal muito antes de chegar ao final —, nunca se lembrava do desfecho, previsivelmente conciliador — felizes para sempre et cetera —, mas sim do encadeamento, do desenvolvimento da trama, que sempre tinha ordem e sentido. Mas também aprendera a desconfiar das soluções literárias, porque as semanas que haviam transcorrido desde que Ela fora embora não tinham ordem nenhuma, e muito menos sentido. Não havia progressão, não havia desenvolvimento, não havia passagem de uma fase a outra, não havia nada: só uma paralisia que poderia ser medida em dias, não fosse o fato de que os dias eram todos iguais e Ele acabava por confundi-los.

A princípio, pensou em ficar no apartamento, talvez aceitando mais trabalhos. Mas o lugar estava muito associado a Ela — na verdade, foi Ela quem o escolheu, depois de analisar outras opções, quando tomaram a decisão de morar juntos —, e Ele entendeu que ficar sozinho no apartamento iria machucá-lo, iria transformá-lo, como dissera M. — sua editora e uma das poucas pessoas que decidiram, na inevitável divisão das amizades que acontece após o fim de todo casal, não ficar com Ela —, no guardião e curador de uma espécie de museu da separação, que protegeria e eternizaria o fim da relação.

Existia realmente um museu assim, diria M. alguns dias mais tarde. Ela o visitara pela primeira vez duas semanas antes, depois que Ele respondeu — por fim — ao último dos numerosos e-mails que ela havia enviado. Ele nunca prestara muita atenção no próprio peso, mas a primeira coisa que M. perguntou ao vê-lo foi se estava com problemas de dinheiro ou se tinha feito promessa de não comer nada até Ela voltar: só então Ele se deu conta de que não comera praticamente nada em todos esses dias. Quando M. o abraçou, o calor de seu corpo, que Ele sentiu através da roupa, e o consolo que deveria ter lhe oferecido, acabaram deslocados por uma lembrança involuntária, relacionada à magreza extrema. Na época da faculdade, Ele teve uma namorada que só se alimentava de purê em pó.

Ela vinha de uma cidade do interior, morava com outras duas jovens em um apartamento barato de dois quartos, estudava psicologia. Ele se lembrava do nome dela, é claro, mas do que mais se lembrava era das noites que passaram juntos durante um inverno, trancados na cozinha minúscula daquele apartamento, ouvindo música e conversando e, depois, quando as colegas dela iam dormir, ou pelo menos era o que ela achava, fazendo amor apressadamente em cima da mesa ou em uma das cadeiras. Ele tentou fazer com que ela se alimentasse melhor, mas ela só queria comer coisas que não dessem trabalho algum, coisas que, como o purê instantâneo, não tivessem nem sabor. Enquanto abraçava M., Ele pensou que havia muito tempo não se lembrava daquela jovem: a fragilidade e a magreza dela lhe deram a impressão, durante algum tempo, de ser uma espécie de fortaleza ou de virtude: ela se vangloriava de ter orgasmos muito intensos, que esgotavam suas energias;

às vezes, também pedia que Ele a asfixiasse quando chegava ao clímax e perdia os sentidos durante alguns instantes. Ele sabia que não era a habilidade sexual dele que a levava a esses extremos — na verdade, sua habilidade deixava a desejar e continuaria assim durante algum tempo —, e sim a fragilidade e o desejo de entrega da moça; uma vez, enquanto se vestiam às pressas com medo de que as colegas acordassem e os encontrassem, Ele notou um hematoma em uma das nádegas dela, causado pelos golpes contra a superfície da mesa onde tinham acabado de fazer sexo: desde então, pensava nela como uma espécie de santa, alguém com tendência à entrega, à renúncia e ao martírio. Mas o namoro não durou muito, e Ele não se importou com isso: ela estava indo para um lugar que Ele não podia sequer imaginar, mas não queria ser arrastado até lá, e talvez ela percebesse isso intuitivamente. Uma noite, foi encontrá-la e as colegas contaram que os pais a haviam levado de volta à sua cidade natal, alarmados pelas notícias recebidas sobre a magreza dela. Uma das colegas — a mais jovem das três, que tinha o cabelo castanho e um pequeno brilhante no nariz — convidou-o a entrar e tomar algo com ela na cozinha, mas Ele preferiu ir embora, já não se lembrava por que motivo. A jovem não deixou nenhum bilhete e Ele nunca conseguiu reaver os livros que emprestara; foi a única vez em que perdeu livros em uma separação em vez de ganhá-los e ampliar sua biblioteca. Nunca mais teve notícias dela.

M. soltou-o rapidamente, como se tivesse percebido que a intensidade da lembrança o levara para bem longe dali. Talvez tivesse se transformado em alguém não muito diferente daquela moça do interior, Ele pensou, alguém assustadoramente magro, cujos impulsos e sensações não conseguia dissimular porque o deixavam exausto. M. foi até a sala; olhou em volta com as mãos na cintura como se estivesse inspecionando uma propriedade que acabara de comprar. "Por que Ela não levou a televisão? Você me disse que nunca assiste nada", perguntou. No começo da amizade, M. o intimidava com seu hábito de ignorar os sentimentos dos outros, mas com o tempo Ele descobriu que não era uma atitude consciente, e sim o resultado de algumas experiências — sobre as quais Ele não sabia quase nada — que haviam moldado sua personalidade. Ele a conhecera sete ou oito anos antes através de sua editora na época, uma mulher talentosa e engraçada que foi despedida sem razão aparente pouco depois de publicar o primeiro livro dele, mas dera um jeito para que M. a substituísse: dizia que era a pessoa mais inteligente com quem tinha trabalhado, o que podia parecer um exagero, mas não era. M. tinha fugido da Bósnia quando era criança junto com alguns parentes, sua mãe, uma tia e dois irmãos: os demais tinham morrido, Ele não sabia se nas mãos dos croatas, dos sérvios ou de outros bósnios; M. nunca falava sobre essas coisas, embora fosse evidente que haviam deixado marcas profundas nela. A rapidez e a facilidade com que se apropriou de tudo que era espanhol, inclusive o idioma, revelavam uma vontade de deixar para trás tudo o que acontecera, o que também ficava claro em dois aspectos essenciais de sua personalidade. O primeiro era o enorme desprezo pela imagem que os espanhóis tinham de si mesmos e que ela, pelo menos no que dizia respeito ao trato com os estrangeiros, conhecera em primeira mão na infância: a generosidade sem limites com quem está próximo e o ódio e o medo profundos e irracionais que os invadiam quando pensavam sobre a presença de estrangeiros no país de forma abstrata, frequentemente sob a influência dos perigos imaginários difundidos pela imprensa. Tudo isso que M. tinha vivido, e sobre o qual não queria falar, também podia ser percebido em um segundo traço de sua personalidade: o rigor com que julgava os outros, neste caso, Ele. Não havia chance nem de se inscrever nessa espécie de competição de quem sofria ou tinha sofrido mais, que M. parecia ter criado e na qual estava o tempo todo envolvida, mas M. decidiu que havia lugar para Ele na competição sob a condição de que renunciasse de maneira imediata e incondicional a qualquer forma de resistência, o que, digamos, o deixava completamente em suas mãos.

M. desceu para comprar algumas coisas para comer e depois as preparou, embora Ele também soubesse cozinhar; depois sentou-se para vê-lo comer e fez brincadeiras cínicas sobre a dor que Ele estava sentindo. Assim como Ele — e como Ela, em certo sentido —, M. não prestava muita atenção no que as pessoas diziam e era incapaz de reproduzir de forma literal uma conversa: no mundo deles, tudo o que valia a pena passava a lhes pertencer, se transformava em parte do diálogo que mantinham consigo mesmos, como acontece, em geral, com as pessoas que têm dificuldade para silenciar os pensamentos. Algum tempo depois, quando tudo tivesse terminado, Ele tentaria reconstruir a conversa com M. naquela tarde em busca de pistas sobre algum desentendimento imperceptível mas essencial entre os dois, mas só conseguiria se lembrar de algo parecido com uma espécie de melodia: o murmúrio das frases que Ele dizia e M. repetia com a clara intenção de que Ele entendesse que eram ridículas. M. decidira tratá-lo como uma criança, cujas invencionices devem ser acolhidas mas ao mesmo tempo desmascaradas, para que não perca de vista a realidade e consiga desenvolver seu discernimento: a estratégia dela — Ele entendeu depois — não era refutar a versão que Ele dava dos fatos — resumidamente, que Ela o abandonou, que o trocou por um amante ou talvez não, que pediu para Ele não ligar, que se mudou para longe —, mas sim demonstrar que os fatos eram circunstanciais e não tinham muita importância. Uma pessoa qualquer, alguém que não fosse Ele, poderia pensar que M. queria humilhá-lo quando insinuava que sua dor e angústia eram banais; mas, para Ele, o extremo pragmatismo e cinismo de M. eram de certa forma reconfortantes, e pensou que um dia teria que agradecer a ela por ambas as coisas. M. nunca tivera simpatia por Ela, mas nessa tarde se absteve de tocar no assunto e Ele a agradeceu por isso. As razões da antipatia dela deviam ser profundas, mas eram também injustificadas, pensava Ele; nem tinham se visto tantas vezes assim, e talvez fosse por isso que M. — ao contrário da maior parte dos amigos — não o abandonara. M. era sua editora, pertencia ao mundo do trabalho dele, onde Ela sempre evitara se embrenhar. Ao contrário da construção de edifícios e dos enormes esforços que essa atividade demanda, os livros que Ele escrevia — e em particular os que traduzia quando lhe interessavam e quando sua situação financeira estava a ponto de despencar no precipício — existiam, mas só de forma limitada e durante o tempo relativamente breve que alguém levava para lê-los; os edifícios que Ela projetava, por outro lado, tinham uma utilidade evidente, que se estendia no tempo, existiam de um modo que não admitia limitação alguma. Era só uma diferença de grau, mas era fundamental, e Ele não podia, nem queria, minimizá-la.

M. trabalhara em uma livraria anos atrás, e Ele também, assim que chegou à Espanha e não tinha emprego. A experiência foi imensamente útil para os dois porque, ao contrário das dezenas de pessoas que escreviam e falavam sobre livrarias sem jamais ter trabalhado em uma delas, lhes dava um olhar diferente sobre o que as livrarias deveriam vender; mas não tinham uma visão idealizada delas, nem acreditavam no suposto romantismo da venda de livros. Um dia, M. ouviu o responsável por uma grande editora admitir que a única coisa que o reconfortava, quando nada mais era capaz disso, era a constatação de que, pelo menos, ele não era livreiro; se havia alguma ironia em suas palavras, M. não percebeu, apesar de ser uma especialista nesse quesito. Por essa e por outras razões, Ele ficou surpreso quando M. ligou dois dias depois — ela gostava de conversar por telefone, coisa que o desconcertava — para contar que tinha encontrado um apartamento para Ele e que, por incrível que pareça, ficava em frente a uma livraria.

Não há muitas canções sobre livrarias, pensava; na verdade, não há muitas canções nem mesmo sobre livros ou, pelo menos, Ele não se lembrava de nenhuma. Embora uma parte dele preferisse ficar no apartamento onde morara com Ela, outra parte — provavelmente mais sensata — acabou aceitando a proposta. Não prestou muita atenção no lugar, que era um cômodo de uns quatro metros por dez com duas janelas, nem sequer viu outras opções; tudo em que conseguiu pensar durante esses dias foi como transportar as coisas e o que jogar fora. M. se ofereceu para dar uma mão, naturalmente; mas Ele não aceitou sua ajuda. Não se tratava só de reunir os objetos dispersos, conseguir caixas de papelão — o que não era fácil, ou não tão fácil quanto Ele se lembrava; parecia que o mundo inteiro estava se mudando para Madri — e desmontar alguns móveis para mais tarde montá-los novamente, mas era preciso também avaliar o acervo de algo parecido com um museu particular, que até poucas semanas antes Ele dividira com outra pessoa e que não era um museu, e sim um lar. Além dos livros e das roupas que levaria de qualquer jeito, havia coisas pequenas e grandes — todas banais, pensando bem — que faziam com que se lembrasse dela, e se desfazer dessas coisas significava, inevitavelmente, retornar à razão pela qual estava fazendo aquilo e à separação. Nunca tinha pensado que os objetos pudessem ser carregados de tantas referências, quase todas privadas, ou compartilhadas apenas com Ela: cada objeto era uma sinédoque, uma coisa pequena que revelava algo sobre outra maior da qual fazia parte, que era o relacionamento dos dois. Uma vez lera um livro cujo autor pretendia contar a história do mundo em — já não se lembrava direito — cem ou quinhentos objetos; o resultado era singular: um vaso era toda a cultura grega; um anel de casamento representava toda a Idade Média; um tigre mecânico, o imperialismo britânico ou algo assim. Era um experimento interessante e, se bem se lembrava, bastante bem-sucedido, embora parecesse inevitavelmente modesto quando comparado com a tarefa que Ele tinha pela frente e à qual se dedicou durante esses dias. Um anel podia substituir a Idade Média, mas — pensava — não era páreo para todos os pequenos incidentes e detalhes que se acumulavam ao redor de, digamos, uma só das vinte colherinhas de café que Ela comprou uma vez, Ele já não se lembrava por que, talvez fosse o número mínimo de colherinhas à venda nas lojas do ramo ou talvez Ela quisesse convidar algum dia essa quantidade de pessoas para vir ao apartamento, vinte viciados em café que mudariam os móveis de lugar e tropeçariam uns nos outros falando aceleradamente por causa da cafeína. Por outro lado, Ele não dava a mínima para a Idade Média; mas o jeito como Ela bebia café, os gestos que fazia, eram de absoluta importância para Ele; eram, Ele achava, a única coisa que teve importância em sua vida nos últimos anos.

Uma noite, conversou com M. sobre tudo isso — as colherinhas, a Idade Média et cetera — e depois de desligar recebeu uma mensagem dela com o link para o site do Museu das Relações Partidas. O museu ficava em Zagreb, cidade que Ele havia visitado há muito tempo e da qual não se lembrava praticamente nada; era obra de dois artistas, que criaram o museu para documentar a própria separação e a dos amigos. Talvez fosse uma espécie de brincadeira, pelo menos no início, mas o museu oferecia algum consolo a quem o visitava, física ou virtualmente; reunia doações: fotografias e cartas, bonecas, cartões-postais, um machado, um vibrador de cor preta, um porquinho de borracha, sapatos, um boné, uma torradeira, cabelo. Cada objeto era acompanhado de um depoimento do antigo dono — ou dona, naturalmente —, que comentava a função do objeto e seu significado em uma relação que já havia terminado. Mas os objetos "diziam mais", Ele achava, se os depoimentos fossem deixados de lado, se os objetos fossem contemplados em sua esmagadora materialidade lacônica, e considerados metáforas das relações amorosas e das formas como se entra e se sai delas: uma lupa, três volumes de Marcel Proust, um relógio, as chaves de um apartamento. Que objeto Ele escolheria? Será que não podia, talvez, guardar tudo, criar um museu particular da relação com Ela, um museu do qual fosse, ao mesmo tempo, tema, proprietário, principal doador, curador, guardião, guia? Os objetos eram tristíssimos, e depois de contemplá-los Ele sentiu um desejo intenso de vê-la: se soubesse onde Ela estava morando, teria ido até lá só para tentar espiá-la pela janela, como fizera uma vez, anos atrás, com outra mulher. Mas não sabia o endereço, e sem dúvida era melhor assim; além do mais, talvez o apartamento fosse num andar alto demais para ser visto da rua, ou então fosse de fundos; talvez Ela tivesse vizinhos que não sabem nada sobre separações, daqueles que chamam a polícia quando veem alguém parado na calçada em frente.

Apesar de tudo, M. não perdera o senso de humor: enviara o link do site do Museu das Relações Partidas para que Ele se lembrasse de que sua experiência não era algo isolado, pensou; que muitas outras pessoas haviam passado pelo que Ele estava passando, e que Ele também já passara por isso e ficaria bem apesar de tudo. Em seguida, e no mesmo e-mail, mandou o link de outro museu, do qual Ele nunca ouvira falar, mas que aparentemente M. considerava complementar ao Museu das Relações Partidas; era o Museu do Acidente, e Ele não pôde evitar um sorriso quando entrou no site, mas ficou em dúvida se, para sua editora, o acidente era a separação ou a própria relação amorosa. Nunca a vira com alguém e ignorava seus gostos e preferências; uma única vez conversaram sobre o assunto, de passagem, mas a única coisa que Ele se lembrava da conversa era uma certa cautela, nenhuma pista sobre o conteúdo, como se ela tivesse colocado diante de seus olhos um recipiente enorme que Ele só pôde ver por um segundo antes que ela o guardasse de novo. Assim era M. na intimidade, pensou: falava em um idioma que era o contrário de sua linguagem pública, que era puro conteúdo — e franqueza e cinismo e também alguma dor — sem forma, sem nenhuma preocupação com os modos. Já era tarde, a noite havia caído fazia algum tempo, mas achou que não valia a pena esperar até o dia seguinte e lhe enviou uma mensagem. M. tinha os olhos escuros e o cabelo claro, como uma inversão paradoxal das características que Ela tinha, mas as duas eram magras e bastante altas, do tipo desengonçado, com pernas compridas e sem muito peito. Ele tinha opiniões sobre o cabelo de M., naturalmente; se arrependeu imediatamente depois de ter enviado a mensagem, não podia mais apagá-la e M. não respondeu. Mais uma noite, tentou conquistar o sono na marra; no entanto, o que conseguiu foi um descanso intermitente facilitado pelo álcool mas tão volúvel quanto ele, e parecido com uma bebedeira de adolescente, tudo com gritos e violência e compulsões que não podiam ser atendidas.

3

Boa parte de suas amigas trabalhava em empresas de telecomunicações, mas o que elas faziam de fato nessas empresas ou o que o trabalho tinha a ver com seus diplomas de pedagogia, letras ou jornalismo era algo que Ela sempre acabava esquecendo, não importava quantas vezes as amigas a lembrassem; o próprio termo era confuso e induzia a erro, especialmente depois que, alguns anos atrás, as empresas de telecomunicações passaram a ser provedoras de internet e a comprar jornais e produtoras de cinema. Bg. trabalhava em uma dessas empresas e foi ela quem criou o grupo de mensagens: tinha vinte e sete anos, o que a tornava a mais jovem da turma e a depositária de uma relação específica com a atualidade que Ela não se sentia obrigada a manter; mas Ela não estava solteira até algumas semanas antes e também não morava com os pais, duas coisas que condicionavam a amiga ainda mais do que a idade e o trabalho. Bg. tinha uma opinião a respeito das companhias telefônicas que talvez fosse categórica demais, mas com a qual Ela concordava, pelo menos em parte: ao convencerem todo mundo de que o acesso à internet era um "direito", e ao promoverem a suposta "gratuidade" dos produtos consumidos através da rede — que todos, há algum tempo, tinham passado a chamar confusa e talvez cinicamente de "conteúdos" —, as companhias conquistaram um poder imenso, ao qual ninguém mais conseguia se opor. "Todos nós hoje trabalhamos para as empresas de telecomunicações", Bg. vivia dizendo; inclusive, e sobretudo, aqueles que defendem a gratuidade dos "conteúdos", que não são gratuitos, apenas mudaram de dono: não são mais os produtores desses "conteúdos" que ganham dinheiro, mas sim quem fornece acesso a eles; ou seja, as companhias de telecomunicações. Bg. não era especialmente entusiasmada quanto ao resultado final de tudo isso; em grande medida, porque vira que a pressão sobre os salários, que era inerente à instauração dessa nova economia, a afetava de maneira direta: como muitas pessoas de sua idade, Bg. tinha um emprego sofisticado e interessante, mas precário e pessimamente remunerado, que não lhe permitia sequer pagar um lugar para morar. De fato, ela tinha voltado para a casa dos pais depois de um breve, demasiado breve, período de independência.

O ângulo em que a fotografia tinha sido tirada fazia com que o membro viril parecesse quase da mesma largura que o rosto do dono, uma espécie de totem da urgência, em torno do qual os membros das tribos perdidas praticariam seus rituais propiciatórios. Ela rapidamente enfiou o celular no bolso e pagou sem levantar os olhos, assim que teve oportunidade. Só depois de dobrar a esquina do supermercado e acender um cigarro leu a frase que Bg. escrevera embaixo da imagem que enviava às amigas: "No perfil dele dizia: 'Prefiro acordar ao seu lado do que ir pra cama com você'".

Não era incomum que Bg. reclamasse de cantadas desse tipo, que, pelo menos nos aplicativos de relacionamento que ela usava, não eram raras. Um dia, um pouco antes de dar início a tudo isso — ou seja, antes de criar o grupo de mensagens com as amigas —, Bg. analisou com elas, durante um almoço, alguns aplicativos que estava pensando em usar. Em um deles, tinha que ser aceita pelos administradores, que avaliavam profissão, renda, idade, preferências, expectativas. ("Quem é que avalia?", perguntou A., mas Bg. não teve tempo de responder. "Vão te dar match com um modem", interrompeu D., levando o guardanapo aos lábios. "Sinto muito pelo pobre aparelho", acrescentou A. "Vocês são a razão da minha depressão", sorriu Bg. depois de um instante.) Bg. preferia aplicativos relativamente desconhecidos que protegiam os usuários das formas de abuso mais frequentes: em um deles, por exemplo, só as mulheres tinham autorização para iniciar um diálogo; em outro, não era permitido enviar imagens; em um terceiro, os usuários só podiam marcar encontros para se beijar e se acariciar. Descartou as plataformas mais especializadas, como uma que só conectava pessoas com doenças venéreas, e outra só para policiais. (Um policial sozinho era uma ameaça e dois formavam uma quadrilha, nunca um "casal", Ele disse quando Ela contou sobre a conversa, na cama, nessa mesma noite.) Outra plataforma chamada Beautiful People foi descartada imediatamente, às gargalhadas, pelo menos para Bg. Por outro lado, todas concordaram que ela deveria tentar um aplicativo desenvolvido para especialistas em tecnologia como ela, homens jovens que aos sete anos de idade tinham encontrado um jeito de conectar um circuito elétrico à sua réplica em miniatura da Millennium Falcon, que mais tarde aprenderam a programar e se corresponderam com a Nasa, que depois tiveram blogues e páginas na internet e criaram aplicativos para smartphones enquanto se alimentavam basicamente de Doritos e cerveja quente: o tipo de cara que se masturba pensando em alguém como Bg. em camas com lençóis que estão há um ano sem trocar. (Bg. preferia isso a homens de quarenta anos que continuavam apaixonados pela mãe, respondeu, embora também tivesse ido para a cama com homens assim, talvez porque eles constituíssem a maioria dos solteiros espanhóis.) Metódica e regularmente, Bg. passou os meses seguintes fazendo experiências com as possibilidades dos aplicativos e com seu próprio tempo, mas tudo o que as amigas conseguiram tirar dessas experiências, o que mais receberam durante esses meses, foram fotografias de pênis e frases completamente infelizes, exemplos embaraçosos da impossibilidade de comunicação entre os seres humanos na segunda década do século XXI, que provocavam gargalhadas nos que fossem capazes de ignorar os terríveis presságios que se anunciavam.

Eram pênis eretos e, de certa forma, completamente autônomos de seus donos, que muitas vezes só seguravam o membro com a mão para que quem olhasse a fotografia tivesse uma ideia do tamanho — qual era o tamanho médio de uma mão?, Ela se perguntava; A. devia saber... —, pênis em riste, abarrotados de um sangue que, como tudo parecia indicar, mais uma vez não alcançaria o cérebro, nem mesmo saberia de sua existência; pênis circuncidados ou sem circuncidar, à beira de uma ejaculação interminável, com veias grossas como galhos que se enredavam entre si até culminar em uma glande avermelhada e tensa, uma promessa de saúde e vitalidade que ocupava a tela inteira do celular como um anúncio intrusivo sobre o qual Ela, na realidade, nunca pensara muito. Era o tipo de coisa que precisava ser enfrentada pelas mulheres e homens que estivessem solteiros naquele momento, uma frase imprópria em um idioma desconhecido. E, no entanto, era uma linguagem que Ela devia ter falado no passado e que teria que voltar a usar — "Um em cada dois casais se conheceu pela internet", disse A. —, como se estivesse visitando um país estrangeiro onde já havia morado. Não imediatamente, é claro — não queria namorar, não tinha nenhuma intenção de procurar um namorado depois de se separar dele, paralisada como estava entre tudo aquilo que ainda não havia terminado e algo que ainda não havia começado, exceto em seus aspectos mais exteriores: uma casa nova, outro bairro da cidade, um supermercado diferente onde era melhor Ela não voltar por algumas semanas, um novo trajeto de metrô em que os anúncios e os rostos eram ligeiramente diferentes e, ao mesmo tempo, muito semelhantes aos de outros trajetos em épocas anteriores —, mas em algum momento Ela teria que se importar com todas essas coisas de novo, que voltariam a ser parte da sua vida da mesma forma como eram parte da vida de Bg. e de muitas outras pessoas.

Nada havia mudado na esquina desde que Ela tirara os olhos do celular, com exceção do semáforo, que alternou as luzes vermelha e verde algumas vezes: suas costas doíam e pensou que devia ligar para um osteopata; talvez alguma das amigas pudesse indicar um. Enquanto atravessava a rua, ficou pensando como o pênis dele apareceria em uma fotografia dessas, e se Ele já teria começado a tirar fotos iguais a essa para seduzir alguma mulher e encontrar uma substituta para Ela o mais rápido possível. Ela achava que Ele era incapaz de fazer algo assim, alguém tão essencialmente verbal que parecia mais uma mulher do que um homem: quando olhava para trás, o que mais se lembrava, e agradecia, dos anos que passara ao lado dele, eram as conversas, diálogos que às vezes podiam parecer agressivos mas que nunca eram de fato, que não eram motivados pelo desejo de deixar o outro exausto ou atordoado, e sim de convencê-lo de alguma coisa, não importa o quê. Uma vez, quando conversavam sobre a razão pela qual muitas mulheres repudiam a pornografia — que Ela não repudiava, embora suas experiências nesse campo tivessem sido todas insatisfatórias —, Ele insistira no argumento de que as mulheres são principalmente verbais: são guardiãs do sangue, é verdade, mas também do idioma, do qual são transmissoras, e o que elas querem — aquilo que realmente as "deixa com tesão", disse Ele — é que falem com elas de uma maneira específica, com algumas palavras determinadas e que, no entanto, apesar da longa experiência acumulada nos últimos séculos, quase ninguém sabe usar, pelo menos não de forma deliberada. Um filme pornô para mulheres seria como uma peça de Samuel Beckett, disse Ele: puras palavras sem contexto, sem descrições, com um rígido controle sobre o que se diz e, ao mesmo tempo, uma perda absoluta de controle; as mulheres "veriam" os filmes pornográficos com a tela totalmente escura se tivessem diálogos, argumentou: mas faz uns quarenta anos que os filmes pornográficos não tinham mais diálogos, ou só tinham diálogos banais, a meio caminho entre a ironia e o cumprimento de alguma obrigação formal. O que mais poderiam ser, se não isso, todos aqueles diálogos sobre o encanamento, ou as advertências de castigos severos e, em geral, ridículos que as supostas professoras faziam a seus supostos alunos em alguns filmes? O que significavam, por outro lado, as frases escritas nos quadros-negros que apareciam nos cenários dessas filmagens? (Ela tinha lido algo a respeito, em algum lugar, mas já não se lembrava com certeza: se não estava enganada, todos esses quadros-negros continham sempre a mesma fórmula matemática errada, como uma piscadela de olho da indústria para a ausência de variação na repetição, que constituía o segredo de seu sucesso.) Naturalmente, existiam outros filmes, que ofereciam uma visualidade "feminina", Ela retrucou; que incluíam diálogos em que as mulheres não eram degradadas nem insistiam no estereótipo da ingênua ou da piranha desmiolada. Mas não eram filmes pornográficos, Ele respondeu: no melhor dos casos, eram experimentos no projeto de formação de uma visualidade feminina que fosse erótica para ao menos uma parte dos espectadores; no pior dos casos, eram tentativas de se apropriar de uma ferramenta inadequada, como um filme que só tivesse "algumas" cores para os habitantes da ilha dos daltônicos, algo que não funcionaria de jeito nenhum, com ninguém. Pela primeira vez depois de muito tempo, Ela conseguia se lembrar com exatidão: conversavam sobre tudo isso enquanto atravessavam um parque nos arredores da cidade, num entardecer de verão; haviam chegado lá algumas horas antes:

pediram a um táxi que os deixasse no fim do parque para voltarem caminhando através dele de volta à cidade, mas o lugar era muito maior do que imaginavam, uma sucessão aparentemente abandonada de árvores, lagos e espaços vazios que provavelmente eram usados para jogar futebol ou alguma outra atividade desse tipo. Nenhum dos dois tinha visto a previsão do tempo ou não tinham dado importância a ela, cansados de que ela sempre fosse, pelo menos no que dizia respeito a Madri, escandalosamente otimista e quase sempre errada: o calor dera lugar a uma brisa quente e descontrolada que, por sua vez, tinha se transformado em um vento frio que encheu o céu de nuvens. Enquanto atravessavam o parque, mais devagar do que gostariam, o céu começou a exibir seu tradicional repertório de raios e trovões: não era comum na região, mas logo começaria uma tempestade que os encontraria rodeados por árvores velhas e frágeis, árvores que se erguiam em direção ao céu como para-raios precários mas eficazes. Quem foi mesmo que disse que, mesmo sendo a casa de Deus, as igrejas ainda assim precisam de para-raios? Já não se lembrava, mas se lembrava de que foi então, pouco antes de começar a tempestade, que um alarme sutil mas poderoso começou a tocar dentro deles diante da possibilidade de ter que enfrentar a tempestade a céu aberto, sem proteção alguma, em um parque nos arredores da cidade. E foi então que Ele e Ela se envolveram na discussão sobre a pornografia; para Ela, naquele momento, os argumentos dele sobre o que "as mulheres" queriam e o que "as mulheres" não queriam — e, mais ainda, o argumento sobre a suposta visualidade "dos homens" e a oralidade "das mulheres" — pareciam um simples lugar-comum. Mas agora, tantos anos depois, Ela sentia que, na verdade, eram uma maneira de ter algo para discutir, para afastar a preocupação com a tempestade, especialmente a preocupação dela. Ele previu que as objeções dela alimentariam o diálogo; também calculou que o diálogo logo viraria uma discussão, e pensou — ou quem sabe era só Ela quem pensava isso, agora, anos depois — que a discussão faria com que Ela não prestasse atenção na tempestade iminente, ou a deixasse em segundo plano: ao agir assim, Ele tentara protegê-la, mesmo que jamais admitisse isso ou rejeitasse explicitamente a ideia — se lhe perguntassem — de que Ela era alguém que precisava ser protegida. (Na verdade, Ele tinha a impressão de que era Ela quem costumava protegê-lo, dos medos dele e do jeito como sua cabeça girava em círculos.) No entanto, agora, tantos anos depois, atravessando uma rua, Ela teve uma espécie de epifania ao compreender que Ele estava tentando protegê-la e, de certo modo, conseguiu: alcançaram a saída do parque no exato instante em que gotas grossas e geladas, praticamente granizo, começavam a cair em meio a grandes estrondos, e Ela não se lembrava de ter sentido medo naquela tarde, não se lembrava nem de ter ficado um pouco preocupada. O parque — lembrou disso pela primeira vez enquanto procurava as chaves para entrar em seu novo apartamento — fora construído anos atrás em cima de um velho lixão; suas formas onduladas, causadas pelas montanhas de detritos acumulados à medida que a cidade produzia cada vez mais lixo não reciclável, deram ao parque um apelido infame e a reputação de que as árvores viviam caindo, já que não havia muito solo fértil para acomodar as raízes: depois de uma fina camada de terra e entulho, era tudo plástico e metal, nada em que as árvores pudessem se apoiar. As primeiras gotas da chuva dessa tarde também eram imundas, carregavam a poeira e as partículas de fumaça que asfixiavam periodicamente os habitantes da cidade e faziam disparar o número de crianças com problemas respiratórios. Mas sua história de amor com Ele agora também tinha se tornado uma espécie de entulho, restos de histórias e sentimentos para os quais não havia uma forma apropriada de reciclagem.

4

Pouco depois de Ele se mudar para o pequeno estúdio que M. havia encontrado, ela começou uma brincadeira e o tornou seu cúmplice: consistia em descer até a livraria e pedir algum livro inexistente, algo que confundisse os vendedores e os tirasse do marasmo habitual. Uma das frases típicas de M. era: "Estou procurando um livro, não me lembro o título, foi publicado por aquela editora com nome esquisito, o tema eu esqueci qual é, é o tema de que esse autor sempre fala, agora não estou lembrando o nome dele. Vocês têm o livro ou está esgotado?". Quase sempre os funcionários faziam um esforço vão e frustrante para atendê-la, o que sempre conseguia arrancar dele um sorriso; assim — dizia M. —, estamos fazendo um favor a eles, lembrando-lhes que as chances — remotas, por falar nisso — de sua profissão continuar existindo nos próximos anos dependiam quase exclusivamente de que eles deixassem de ser um apêndice dos computadores, que era no que muitos deles — especialmente os que trabalhavam nas grandes redes de livrarias — tinham se transformado. Um dia, afirmava M., as plataformas de venda de livros pela internet aperfeiçoariam seus algoritmos e as livrarias se tornariam supérfluas, a menos que os responsáveis conseguissem incorporar à experiência de comprar livros tudo o que as máquinas não podiam oferecer; em primeiro lugar, flexibilidade. Não era só uma piada interna para que Ele se esquecesse por alguns minutos da perda que sofrera e do vazio em que essa perda o deixou; o confronto de

M. com os livreiros — que logo começaram a evitá-la, como se ela fosse louca ou tivesse alguma doença contagiosa — seguia um plano específico, era uma forma de reverter um processo que para Ele já era irreversível, não tanto pelas muitas vantagens que os computadores evidentemente tinham sobre as pessoas, mas sim pela imensa quantidade de dinheiro que as editoras haviam investido para que os livreiros acabassem se tornando supérfluos: todo esse dinheiro não era resultado de nenhuma lógica deliberada, mas, pelo contrário, acabava alimentando essa lógica; o investimento gerava as próprias razões para o investimento e, nesse processo, acabava desvalorizando seu objeto e precarizava a vida dos que trabalhavam na indústria do livro. Também produzia livros piores, mas isso era algo que não se podia dizer em voz alta; aliás, era algo que não era nem culpa dos livreiros que vendiam esses livros, fingindo sempre um interesse por eles que não tinha como ser verdadeiro, que não era resultado de uma leitura que, se algum dia chegavam a fazer, imediatamente se tornava uma experiência traumática.

Em suas incursões à livraria, M. testava esse interesse inventando títulos de livros inexistentes e pedindo a opinião dos vendedores. "O que você achou de *Ninguém dorme em Praga*? Você tem o romance *O mundo de Laura e Julio*?", perguntava. A resposta mais comum de seus interlocutores era, é claro, que tinham "ouvido falar" do livro, o que provocava uma discussão sobre os personagens, na qual M. tomava as rédeas. Ele tinha que admitir que ela tinha talento: começava descrevendo um personagem — "aquela mulher que vai atrás do filho, que sequestrou o marido..." — para depois "lembrar" ao livreiro, que dizia ter lido o livro e já estava completamente à sua mercê, que a mulher tinha vários "problemas", transtornos de personalidade que ficam explícitos desde a primeira página.

O livreiro concordava; era evidente que o autor sabia como narrar a história, era "convincente" na descrição da doença mental, dizia. Mas então M. sugeria que talvez ele estivesse dizendo isso por preconceito de gênero, porque era óbvio que o marido também tinha problemas. Nesse ponto, o livreiro sempre gaguejava algo, tentava se defender de uma acusação baseada em uma opinião que não tinha dado sobre um livro que não tinha lido, sem entender que sua situação não tinha saída; a inexistência do livro em discussão permitia transformá-lo em uma leitura para misóginos: o livreiro tinha gostado do livro, portanto era um porco machista; cada nova reviravolta na trama inventada por M. piorava a situação do livreiro, o deixava sem argumentos. M. era muito boa atriz, tinha que admitir. Mas o milagroso era que, ao mesmo tempo, era dramaturga de si mesma: quando ia embora da livraria gritando que o livreiro era misógino e tinha insultado suas convicções, quando saía batendo a porta e avisando que iria denunciá-lo e que jamais compraria outro livro nessa livraria — onde, aliás, nunca tinha comprado nada, para desespero dos funcionários —, M. parecia a santa padroeira das leitoras indignadas, o anjo vingador de todos que algum dia se depararam com um livreiro misógino ou racista, um grupo não muito grande, mas mesmo assim, ou talvez por isso, particularmente visível. M. estava fazendo o que podia para provocar alguma mudança no mercado livreiro ou, pelo menos, para matá-lo de susto.

(Apesar disso, era Ela, e não M., quem tinha sido atriz na adolescência, um episódio de que Ela às vezes se lembrava sem nenhum tipo de orgulho em especial, como algo que simplesmente aconteceu. Não porque tivesse talento de verdade, Ela dizia, mas só porque era bonita, o que, pensava Ele, não era totalmente verdade: às vezes Ela imitava as vozes e os gestos de pessoas que conheciam e fazia isso muito bem, com o tipo de facilidade espantosa com que os bons atores conseguem "ser outras pessoas" e se transformar nelas em um instante, uma habilidade impressionante e um pouco assustadora, pensava Ele.)

Ele nunca tinha pensado em se mudar dali, embora o apartamento fosse alugado: em sua imaginação, ou na falta dela — que Ele aceitava com certa resignação —, os dois morariam no apartamento até o final de suas vidas. Quando se instalaram nele, alguns anos antes, acharam o apartamento enorme e ficaram pensando como conseguiriam enchê-lo; anos depois, os objetos que haviam usado para ocupá-lo — estantes com livros, basicamente; mas também a mesa de trabalho dele, a mesa dela, uma em frente à outra, a cama, os armários, a mesinha onde ficava a televisão que Ela não quis levar, os eletrodomésticos, as cadeiras — acabaram se transformando em uma espécie de segunda natureza, ou seja, algo em que não reparavam com frequência, o que fazia com que Ele continuasse achando que o apartamento estava relativamente vazio. Depois que Ela foi embora, primeiro levando algumas coisas e depois indo buscar o resto, Ele teve, paradoxalmente, por fim, a impressão contrária, a de que o apartamento estava cheio de tralhas, de objetos e pertences cuja quantidade lhe parecia excessiva porque agora não era possível imaginar que havia mais de um dono para as coisas: tudo o que sobrara no apartamento era seu e era o tipo de coisa que precisaria descartar por sua conta, decidindo o que iria manter e do que iria se desfazer. Ela lhe mandou um e-mail com as senhas das contas bancárias e instruções para mudar a titularidade dos serviços de eletricidade e telefone; também incluiu os números de duas companhias de mudança que Ele poderia contratar se decidisse ir embora do apartamento, e da mulher que vinha uma vez por semana limpá-lo. A voz no e-mail era dela, mas a distância parecia de outra pessoa, Ele pensou; por outro lado, seu caráter previdente, a extraordinária eficácia com que organizava os assuntos que sabia que Ele teria dificuldade de dar conta, eram dela. E o fato de que era Ela, e não outra pessoa, quem escrevera a mensagem também ficava claro na última frase do texto, que Ela, no entanto, nunca dissera até aquele momento. No final do e-mail, Ela — e não outra pessoa, como ficava óbvio — escreveu: "Sinto muito".

Ele sabia que os antigos remorsos nunca se extinguiriam, só seriam substituídos por outros quando tivesse passado tempo suficiente, e supôs que isso acabaria acontecendo com os dois nos anos seguintes.

Por fim, decidiu se desfazer de quase tudo o que tinha, exceto dos livros e dos discos, de algumas roupas e das coisas de que precisava para o trabalho. Não disse nada a M., que provavelmente não concordaria com a decisão, por uma razão ou por outra; telefonou para uma das duas companhias cujo número Ela enviara e pediu que mandassem alguém para recolher e encaixotar tudo. No dia seguinte, inacreditavelmente cedo — para encontrar vaga para a caminhonete, explicaram —, dois jovens apareceram no apartamento; um tinha uma sobrancelha raspada e o outro, que era mais loiro que o primeiro, não tinha sobrancelhas: na verdade, os dois — que eram poloneses, como lhe contariam mais tarde — pareciam a própria negação da ideia de pelos faciais, tinham rostos que pareciam planícies cobertas de neve, sem rastro de vegetação ou de qualquer outra forma de vida. Nenhum dos dois abriu a boca enquanto Ele explicava seu plano, que era ridículo: disse para encaixotarem tudo e colocarem as caixas no meio da sala, depois Ele as abriria e examinaria o conteúdo; tudo que Ele não quisesse guardar deixaria no chão, ao lado das caixas, para que colocassem mais tarde em outras caixas, já marcadas como supérfluas, e com as quais poderiam fazer o que quisessem — inclusive, é claro, ficar com elas —, enquanto o que Ele quisesse guardar iria para outras caixas, se possível de outra cor. Era uma maneira desnecessariamente complicada de se desfazer das coisas, que obrigava todos a fazerem o dobro do trabalho; em sua complicação absurda, parecia uma performance artística, só que sem significado algum. (E sem espectadores nem leilões, claro.) Mas os jovens poloneses provavelmente tinham passado por situações parecidas, porque não fizeram nenhuma objeção: pouco depois de receberem as instruções, já estavam enchendo caixas como alucinados, como ladrões noturnos silenciosos e vorazes.

O outro plano em que Ele havia pensado era mais aleatório e teria optado por ele se as circunstâncias fossem outras: pedir a um desconhecido, a alguém que Ele não conhecesse e que não soubesse nada a seu respeito, mas topasse obedecer suas ordens, que escolhesse um livro, um disco, uma única peça de louça, uma frigideira, um copo e uma xícara, um jogo de lençóis, uma camisa, uma calça, podia ser a que Ele estivesse usando ou qualquer outra. Ele se comprometia a se desfazer de todo o resto e a viver a partir desse momento apenas com os objetos que o desconhecido tivesse escolhido sem saber nada sobre as necessidades dele nem sobre sua história pregressa. Não importava que o plano parecesse não ter sentido; com o tempo passaria a ter, quando Ele já não estivesse cercado de objetos que o lembrassem da separação, exceto os que tivessem sobrevivido à pilhagem dos objetos da separação, uma subtração à segunda potência que apagasse os rastros de todas as perdas. O que será que o desconhecido teria escolhido? Qual livro? Qual disco? Qual camisa? E o que o desconhecido faria com tudo que sobrasse, com tudo o que achava que Ele não precisaria mais em sua próxima vida, como quer que ela fosse? Nunca saberia, pensava; mas ficou com esse plano na cabeça por alguns dias e durante as horas que passou abrindo caixas que tinham acabado de ser fechadas e espalhando seu conteúdo pelo chão da sala, desfazendo-se de mais e mais coisas que, até alguns meses antes, considerava imprescindíveis. Enquanto fazia isso, começou a sentir uma estranha euforia, como se estivesse descendo um morro correndo. Naturalmente, se desfez de tudo o que não cabia em uma caixa: boa parte das cadeiras, um sofá, as estantes, a cama, os armários, os colchões, quase todas as luminárias, as mesinhas de cabeceira. Os poloneses pediram algum tempo para se desfazer das coisas e Ele lhes deu um mês, que era o prazo da notificação que teria que ficar no apartamento depois de anunciar que sairia. Os poloneses toparam e Ele lhes deu as chaves do apartamento e ajudou a levar as caixas até o caminhão. Três quartos do veículo repousavam literalmente no meio da calçada enquanto o quarto restante se esparramava no espaço minúsculo que os poloneses tinham encontrado para estacionar de manhã cedo; no para-brisa já havia uma multa, que o vento do outono balançava e que um dos jovens amassou e jogou no chão. Antes de se despedir deles, quando já haviam deixado as coisas no novo apartamento em frente à livraria, Ele abriu algumas latas de cerveja e ofereceu a eles: os três ficaram em silêncio durante alguns minutos bebendo, cada um deles mergulhado em seus pensamentos, que preferiam não dividir com os outros; mas, por fim, o mais jovem se aproximou dele, pôs a mão em seu ombro e lhe entregou um objeto. Era um batom, que tinha encontrado apesar de Ela — e Ele confirmou isso, procurando de forma obsessiva, durante vários dias, algo que Ela tivesse esquecido sem querer, algum objeto para transformar em fetiche ou em lembrança — ter sido exaustiva e de tudo indicar que de fato tinha levado todas as suas coisas embora. “Sinto muito, cara”, disse o polonês antes de acompanhar o colega de volta à caminhonete, e Ele entendeu que existia uma espécie de conhecimento íntimo sobre as circunstâncias que provocam uma mudança, que as pessoas que trabalham nesse ramo aprendem rapidamente, remexendo nas gavetas e reunindo objetos, como legistas investigando a cena do crime.

Ao longo desses dias, Ele voltou várias vezes ao apartamento enquanto esperava terminar o prazo de um mês que M. — não sabia como, se por meio de sedução ou de ameaça aos proprietários — conseguira reduzir à metade. Ele levava o computador, achando, com certa ingenuidade, que assim a transição para o novo espaço de trabalho seria mais simples ou menos traumática; mas o fato é que não conseguia trabalhar. Ficava olhando pela janela e às vezes enchia um copo d'água, que bebia em pé na cozinha, sem interromper o fluxo de pensamento; tinha começado a dormir melhor, pelo menos de vez em quando e, assim, deixara de beber tanto álcool, o que, por sua vez, o fazia dormir melhor, ou pelo menos era o que Ele achava; havia dias em que estar vivo voltava a ser razoavelmente suportável, exceto quando uma pontada dolorosa, que surgia entre a boca do estômago e o esterno, o fazia lembrar da situação em que estava, ou era provocada por essa lembrança. Cada vez que visitava o apartamento, descobria que os poloneses haviam estado ali antes e levado uma coisa ou outra; talvez por deferência a Ele — que, no entanto, não dissera que continuaria indo ao apartamento, embora talvez tivesse deixado algum rastro disso —, haviam deixado uma cadeira, uma mesa, a geladeira e a televisão, embora, é claro, a luz do apartamento já tivesse sido cortada. Mas Ele quase nunca usava esses objetos: passava horas em pé olhando pela janela, contemplando o fluxo de pedestres e veículos que até esse momento lhe parecera natural, irreversível, mas que, desde o dia da mudança, se transformara em objeto de reflexão porque agora pertencia mais ao passado do que ao presente. Embora M. tivesse acertado ao recomendar o apartamento em frente à livraria, no qual já estava havia alguns dias, e o apartamento fosse no mesmo bairro da moda onde Ele havia morado com Ela, na região que chamavam Malasaña por causa de um incidente menor e talvez contraproducente para a história do país, era a vida do bairro tal como podia ser vista dessa janela, e que não devia ser muito diferente da que Ele podia ver do novo apartamento, ou talvez fosse, que começava a lhe parecer irritante e falsa, como se tivesse mudado. Ele ficava irritado com os lindos buldogues franceses que via ultimamente por toda parte — e que Ele, que não sabia o nome da raça, chamava de "aqueles cachorros com a cara achatada" —, os cafés da manhã a quinze euros que vinham se multiplicando havia alguns meses, as redes de restaurantes de comida natural que tinham se instalado em quase todas as esquinas, os cafés onde a bebida era elevada à categoria imaginária do vinho, com safras e degustações, as cervejas artesanais de produção local que via nos bares, as cores brilhantes, mas orgânicas — especialmente pensadas para oferecer uma experiência visual satisfatória no Instagram —, que tinham invadido todas as vitrines, os RPGs para eles e os drinques sem álcool para elas e o rhythm and blues anódino que tocava nos bares, as aulas públicas de ioga, os grupos de ciclistas, os grupos de pais, os grupos de mulheres fãs de crochê, os aplicativos que todos usavam para controlar a respiração, os passos que davam durante o dia e a quantidade de calorias que consumiam. Tudo obedecia a uma lógica que para Ele parecia clara; afinal de contas, a personalidade desses jovens — que constituíam o grosso da população do bairro, ou pelo menos seus habitantes mais visíveis — fora moldada desde cedo pela guerra do Golfo e, mais tarde, pelos horrores inenarráveis das guerras do Afeganistão e do Iraque e pelas atrocidades do Estado Islâmico; sua sensibilidade se formara a partir da constatação de que ninguém está a salvo, que era a principal lição dos atentados do Onze de Setembro e, em geral, da onda de atos terroristas na Europa. Ao contrário das gerações anteriores — por exemplo, da geração a que Ele pertencia —, todos eles eram conscientes dos custos não só morais das desigualdades econômicas e da precariedade, mas também das consequências irreversíveis do consumo sobre o meio ambiente: tudo os impelia a ter medo, e suas diversões também orbitavam em torno do medo, eram as diversões de uma geração para quem as superfícies lisas — cuja manifestação suprema, pensava Ele, são a depilação definitiva, os ângulos arredondados dos laptops que "todo mundo" tinha no bairro e as cores chapadas e sedutoramente infantis dos aplicativos de celular — oferecem um simulacro de estabilidade e ordem, são o equivalente do café cultivado em condições justas, da carne produzida em fazendas em que os animais são, supostamente, tratados de forma ética, e da redução das emissões de gás carbônico quando se opta pela bicicleta e pelo carro elétrico. Quanto gás carbônico é gerado, em contrapartida, pelo transporte das frutas exóticas usadas nos sucos e vitaminas da moda? Que formas específicas de produção, com sua sabedoria intrínseca e seu conhecimento da natureza, estavam sendo varridas pela proliferação das plantações de soja, sem as quais não haveria os *soy lattes* nem os sorvetes veganos? Quanto desmatamento é causado pela introdução do café que não precisa de sombra para ser cultivado e por sua onipresença na vida cotidiana? Qual o custo humano da extração dos minerais semipreciosos que são necessários para o funcionamento dos celulares e computadores, que eles trocam de dois em dois anos? Quantas pessoas pagam com a própria vida, literalmente, pelas camisetas de seis euros com que eles se apropriam da história musical do século XX e de suas modas, quase todas horríveis? Quanto ganham as pessoas que entregam comida em suas casas e os levam até o aeroporto, em uma celebração unilateral da suposta economia colaborativa? Quem usa, e para quê, os dados produzidos cada vez que eles se movimentam e usam a função de geolocalização do celular? Quais são os custos econômicos e políticos do desinteresse pela imprensa e, em linhas gerais, por qualquer outra coisa que não seja um destino turístico? Como é que não percebiam o grande plano e sua participação nele?

Ele não ignorava o fato de que estava sendo um pouco injusto nas acusações, que guardava para si mesmo por receio de ser considerado um estraga-prazeres. Uma parte importante da geração que Ele criticava de fato havia moderado seu consumo e promovia o ideal da sustentabilidade, lutava por causas que Ele considerava importantes, como a desnaturalização da violência doméstica, o controle da natalidade e os direitos das mulheres, realizava ou apoiava ações humanitárias em regiões em crise: muitos deles estavam explorando novas formas de organização e nem todos faziam isso com um ar de superioridade moral. À sua volta, inclusive nesse bairro, havia jovens que adotavam galgos que tinham sido torturados pelos antigos donos, apoiavam causas e organizações em que Ele mesmo acreditava e eram conscientes da destruição do meio ambiente na mesma medida em que Ele também era. Muitos deles eram também leitores competentes e experientes e contribuíam para a sobrevivência de uma cultura letrada cuja continuidade parecia ameaçada por dezenas de coisas, começando por seus principais representantes. Ele sabia que o que estava vendo era a manifestação de uma certa cultura de classe, e que a realidade da maioria dos membros dessa geração era notavelmente diferente da que Ele via, era a realidade do precariado sem oportunidades. Também sabia que sua visão das coisas podia estar sendo afetada por uma espécie de brecha geracional, embora

Ele, na verdade, achasse que ainda era "jovem". Uma única vez, ao longo dessas semanas, ousou dizer o que pensava durante as manhãs no antigo apartamento e expôs suas ideias a sua editora, achando que ela lhe daria razão; no entanto, M. respondeu que Ele não estava em condições de fazer nenhuma avaliação, nem sobre seus vizinhos nem sobre mais nada, porque sua separação falava por Ele, seu luto e tudo o mais. Ele ficou irritado com a resposta de M., é claro; especialmente porque ela podia ter um pouco de razão. Quem são as vítimas da substituição da vida urbana por seu simulacro?, contra-atacou. O que todos esses jovens fazem com seus cachorros quando a raça deles sai de moda? Quantas vidas custa, anualmente, o transporte das drogas que consomem? Que tipo de negócio criminoso pode ser justificado pela demanda deles de curtirem numa boa, de vez em quando? Por que negam a evidência de que não existe nada parecido com o "consumo responsável", ou seja, que o pior que podem fazer ao meio ambiente e a si mesmos nesse momento histórico é consumir? Que tipo de vida da mente eles acham que pode surgir de uma cultura da positividade e da falta de dissenso? M. se limitou a balançar a cabeça. "Você não consegue parar, né?", perguntou, e Ele não soube o que dizer. Se quisesse, podia escrever um livro sobre tudo isso, disse a Ele; mas não contasse com ela para publicá-lo. Ele se reclinou contra o encosto da cadeira. "Por que você está fazendo isso? Por que está me ajudando? A gente nem é amigo de verdade", disse. Estavam em um bar, um dos poucos lugares que Ele achava que ainda não haviam sido alterados pela exigência dos turistas de que todos os bares do bairro fossem "pequenos", "antigos" e tivessem claramente "o clima do bairro": a decoração e a música tinham sido planejadas para atender ao gosto de um monte de ex-viciados em heroína, que constituíam a maioria dos moradores originais da Malasaña. Ao ouvir isso, M. se levantou e foi embora sem dizer uma palavra: Ele teve a impressão de que uma pesada cortina caíra sobre o rosto dela. Levou vários dias e alguns telefonemas insistentes para que M. voltasse a responder suas mensagens, mas desde então ela se comportava como se nada tivesse acontecido, não chegou nem a aceitar de forma explícita suas desculpas.

Os poloneses tinham levado tudo, com exceção da televisão, que deixaram na sala como uma promessa ou uma ameaça. Quando Ele finalmente entregou o apartamento, e ao contrário do que havia imaginado, seus pensamentos não se voltaram para a separação, nem se lembrou tanto dela. Deixou a televisão na rua com um bilhete que dizia: "Uma tecnologia ultrapassada". Mas o aparelho ficou vários dias na calçada sendo mijado pelos cachorros e cuspido pelos transeuntes até que foi levado por alguém, talvez uma pessoa ingênua, talvez o pessoal do caminhão de lixo.

5

Uma manhã, Ela acordou e não conseguiu sair da cama; descobriu que não conseguia se mexer: os braços e as pernas pareciam ter se enfraquecido durante a noite a ponto de não conseguirem carregar o resto do corpo. Como nos dias anteriores, suas costas estavam rígidas, mas não necessariamente paralisadas, já que enviavam sinais de dor e fragilidade para o resto do corpo e, inclusive, para os cabelos e cílios, que também doíam: a dor se espalhava em intervalos e em ondas, mas permanecia fixa nas costas, como se estivesse grudada lá. Tudo o que Ela podia fazer era olhar para o teto do quarto e respirar pesadamente, tentando reunir forças para se sentar na cama; quando finalmente conseguiu, sentiu que vencera, embora ainda não soubesse o que nem como.

Vestiu-se e chamou um táxi, mas o taxista fingiu que não sabia onde era o hospital mais próximo e ficou dando voltas durante meia hora, enquanto a dor que as costas dela irradiavam do seu centro invisível em direção à cabeça e aos membros estava quase fazendo-a chorar. Pela primeira vez desde a separação, desejou intensamente que Ele estivesse a seu lado nesse momento; não para protegê-la, porque nunca achou que precisasse de proteção alguma, mas sim para testemunhar tudo e ajudá-la a entender o que estava acontecendo. O taxista ouvia *reggaeton* em volume baixo, mas insistente; quando finalmente chegaram ao hospital, ele não tinha troco: na recepção da emergência, a mulher que a atendeu apontou-lhe uma cadeira com um gesto desdenhoso, como se a dor imprecisa que Ela sentia e a incapacidade de exibir outros sinais consistentes de que estava doente fossem uma espécie de afronta pessoal. Bem mais tarde, quando a atenderam — depois de darem prioridade a casos mais urgentes, esfaqueados e vítimas de acidentes domésticos, baleados, eletrocutados ou atropelados: as vítimas habituais da violência que a cidade exibe à noite, pensava Ela —, descobriu que a má vontade da mulher da recepção era, de certo modo, justificada: o jovem residente que analisou os resultados de seus exames disse que Ela não tinha "nada" e ficou olhando-a como se fosse uma impostora. O que significava "nada"?, Ela perguntou. O jovem respondeu que podia ser um problema muscular ou algum tipo de fibromialgia; quando Ela perguntou o que vinha a ser uma fibromialgia, o residente admitiu que não sabia e que por isso se atrevia a dizer que talvez fosse isso: pelas descrições que existiam da doença, podia ser praticamente qualquer coisa. Mas o fato é que Ela não tinha nada orgânico, disse ele, fechando a pasta com os exames, como se assim pudesse encerrar a consulta. Mas Ela permaneceu imóvel: o residente voltou a pousar o olhar sobre Ela; a insistência dela devia incomodá-lo, como se fosse uma espécie de desafio aos conhecimentos dele ou à profissão médica, se é que existia alguma relação entre as duas coisas. "Você passou por alguma situação recente que pode ter te estressado muito?", ele perguntou, por fim. "Foi despedida? Perdeu algum parente? Algum acidente de trânsito? Alguma mudança?", concluiu, e Ela se imaginou diante de um questionário marcando freneticamente todas as opções com uma esferográfica vermelha.

Então a dor nas costas era causada pela separação, Ela pensou ao sair do hospital. O peso que carregava era causado por algumas decisões que tomara pensando exatamente na dor, para não ter que senti-la nem causá-la em outra pessoa, mas a dor a alcançara e não a largaria mais. Ela sempre pensou que para se separar "bem" era preciso começar a fazer isso muito antes da separação, passar por todos os estágios descritos pelos especialistas antes que a separação se torne explícita e efetiva: separar-se bem significava, sempre, já ter se separado. E o triste em sua separação, Ela pensava agora, era que eles não tinham se separado antes da separação: estavam juntos até não estarem mais, e agora Ela precisava encarar a dor que surgia da separação após ela ter acontecido, como se toda a dor anterior à decisão e a dor que sentira ao falar com Ele nos dias seguintes não contassem. Ela fez tudo o que pôde para conseguir conhecê-lo, mas Ele sempre acabava se esquivando desse conhecimento ao se transformar em alguém ligeiramente diferente de quem fora antes; provavelmente Ele sentia o mesmo em relação a Ela, embora Ela não soubesse dizer em que aspectos e de que forma Ela mesma havia mudado.

Quando saiu do hospital, viu F., que acenava do outro lado da rua: trocara algumas mensagens com ela para avisar que não iria ao escritório, e F. insistiu em ir buscá-la; gesticulando com as mãos para cima, no meio da calçada, F. parecia indefesa, mais preocupada do que Ela, que saía do hospital com um diagnóstico incerto; parecia que estava se afogando no meio do trânsito, dando braçadas inúteis em direção a Ela. O pior do verão tinha ficado para trás e Madri nem parecia que ficava à beira de um deserto, como na realidade ficava. Ela pensou que era um dia apropriado para sair da cidade; desde que se separara dele, não sentia a urgência de partir que a invadia no passado, como se seus passeios, sempre revestidos de interesses arquitetônicos um tanto vagos, tivessem sido, na realidade, uma forma de ensaiar a separação.

Embora só tivesse chegado ao escritório um ano atrás, F. já se tornara imprescindível de várias maneiras, quase todas relacionadas com a disponibilidade absoluta para contar tudo a respeito de todos e de si mesma. Em empresas como a sua, a prática da fofoca era, em geral, desestimulada; mas, no escritório onde trabalhavam, todos pareciam ter se acostumado a uma certa quantidade de transparência, que servia para poupar tempo: quando surgia um conflito, não era difícil informar-se — perguntando a F., geralmente — sobre o que estava acontecendo para, em seguida, avaliar a situação e tomar partido. Ainda não contara nada a ela, mas tinha certeza de que F. já sabia que Ela tinha se separado: devia ter chegado a essa conclusão ao saber que Ela se mudara, e a visita ao hospital, da qual estava se informando nesse momento, intercalando em seu relato expressões breves que manifestavam espanto e solidariedade e também certo prazer diante da expectativa de contar tudo aos outros, confirmava isso. Ninguém no escritório sabia bem qual era a função de F., mas sua intimidade — que, por ser pública, havia muito tempo já deixara de ser íntima — era bem conhecida, ao menos por Ela. F. pertencia a uma geração que desde cedo abraçou a sinceridade e a experimentação, criando, no entanto, algumas regras que Ela achava restritivas demais, ou, no mínimo, capazes de arruinar qualquer diversão que pudesse surgir desses experimentos. F. fazia parte do que chamava de — em um anacronismo evidente — um "casal aberto", cujas regras eram que ela e o namorado nunca contavam um ao outro o que acontecia em encontros com terceiros, não levavam mais ninguém para o apartamento e sempre usavam camisinha. Parece que nunca houve tanta gente disposta a redefinir a relação entre desejo e instituições sociais de formas cada vez mais sofisticadas, Ela pensava; de formas, aliás, que ainda nem tinham nomes: como muitos outros integrantes de sua geração, F. falava de "situações" mais do que de estados capazes de perdurar no tempo, e, ao fazer isso, negava o tempo exatamente como fora ensinada a negá-lo. Ninguém avisou a essa geração que tudo isso tinha sido inventado bem antes, e praticado por uma minoria privilegiada nos Estados de bem-estar social, uma minoria que acabou caindo nos próprios vícios que criticava, e também inventando uma meia dúzia de outras práticas singularmente nocivas que constituíam sua contribuição à história. Uma vez, em um de seus livros, Ele escreveu que o projeto de uma percepção individual ampliada estava condenado ao fracasso, porque entrava em contradição com o caráter coletivo dessa experiência: não havia nenhuma possibilidade de que alguém "ampliasse sua consciência" e ao mesmo tempo pudesse funcionar em comunidade, escreveu, mas seu argumento poderia ser refutado por qualquer um que achasse que essa "ampliação" acabava dissolvendo a consciência no coletivo. (Nesse caso, Ele poderia responder, então qual a necessidade de todas essas normas repressivas do indivíduo que gurus e pseudoprofetas fazem passar por "iluminações" e "saberes" para obter a obediência incondicional de seus discípulos?) Pelo menos F. e os outros integrantes de sua geração não precisavam de "mestres", Ela pensou; inclusive, havia chances de que as formas alternativas de relacionamento amoroso, que milhares de pessoas como F. estavam experimentando agora, dessa vez finalmente dessem certo. E, no entanto, Ela achava que as chances eram tão remotas como as da geração anterior, porque as estruturas econômicas e sociais nas quais os novos vínculos amorosos precisavam se inserir praticamente não tinham mudado desde a última vez em que o casal monogâmico fora sancionado como configuração hegemônica do desejo e unidade mínima da sociedade; todas as outras configurações pareciam ter custos maiores do que os benefícios almejados em termos produtivos e de pacificação social, até mesmo o desejo homossexual — reprimido havia séculos — fora aceito fazia algum tempo em troca de se submeter à configuração estabelecida: nada era mais celebrado ultimamente do que os casamentos de gays e lésbicas, que deixavam explícito o secreto triunfo da sociedade sobre o caráter subversivo da divergência. F. dissimulava pessimamente — se é que conseguia fazer isso — a superioridade moral que atribuía às suas escolhas e às de seu companheiro: eles, era óbvio, viviam sua sexualidade de forma mais plena que os demais, eram mais livres, estavam inventando novos modos de relacionamento amoroso que não eram dominados pelo ciúme nem pela ânsia de posse, como acontecia nos relacionamentos de pessoas como Ela e Ele. Ela ficava incomodada com essa convicção e com o frenesi taxonômico de seus adeptos. Por que é preciso colocar um nome em tudo?, Ela se perguntava. Será que não há nessa panóplia de novos termos um desejo de reprimir ou, ao menos, de controlar? Que novas denominações seriam inventadas quando a dinâmica do desejo revelasse, mais uma vez, que as terminologias não tinham utilidade alguma? Que novas expressões surgiriam dessas práticas libertárias? O que aconteceria quando os namoros entre os integrantes dos diferentes coletivos acabassem gerando uma taxonomia parecida com a daquele conto em que o mapa era maior do que o território que representava? Quando a natureza libertária do desejo conseguiria de fato se impor à fragmentação que era característica de uma dinâmica capitalista de diversificação de públicos?

Que formas de morar poderiam, por fim, permitir a existência de relacionamentos amorosos ampliados? Ela e Ele haviam fantasiado um dia com a ideia de uma arquitetura que transcendesse a moradia unifamiliar: dormitórios ampliados para caber mais de duas pessoas ou reduzidos a cubículos individuais concebidos só para dormir, banheiros com três torneiras e banheiras maiores, quartos em andares diferentes que permitissem uma relação mais fluida entre os ocupantes da casa, que tornassem visíveis as possibilidades combinatórias ou gerassem cantinhos de ocultamento, para que seus habitantes gozassem de uma privacidade intrínseca à ideia de um relacionamento aberto. Algumas ruas atrás, F. dera instruções ao taxista para parar em uma farmácia e agora estava voltando para o carro com os remédios dela. Ela prometera a si mesma que um dia perguntaria a F. o que achava da ideia e como imaginava que poderia ser uma casa assim, para as pessoas que, como ela, viviam novas configurações do desejo; mas não seria nesse dia. Quando chegaram ao seu apartamento, a dor paralisante que sentia nas costas tinha retornado em toda a sua intensidade, e Ela se jogou na cama depois de tomar um calmante; F., por sua vez, passeou pela casa por algum tempo fingindo que arrumava as coisas enquanto anotava mentalmente a disposição dos móveis e dos quadros, a existência de "apenas" uma escova de dentes no lavabo, o verniz de provisoriedade definitiva que já tinha se instalado no apartamento e que agradava tanto a Ela. Muito em breve, todo o escritório ficaria sabendo desses detalhes; e também da fragilidade dela e da forma como seu corpo escapara de seu controle, de seu desejo de submetê-lo à ficção de que não estava acontecendo nada.

6

Ainda havia momentos em que a dor da perda e a duríssima constatação de que Ela decidira que não precisava mais dele o deixavam perplexo e paralisado, literalmente, como se tivesse recebido um soco nas costelas; apesar disso, desde que se mudara Ele se surpreendia, pelo menos uma vez por dia, observando o apartamento e pensando que saíra ganhando com a mudança. Quando era menino, gostava de se esconder nos armários e embaixo das mesas, em qualquer lugar apertado; voltou a sentir um pouco desse prazer infantil, já quase esquecido, ao se ver nesse apartamento: por um lado, tinha a sensação de estar morando em um local inesperado, um lugar onde ninguém nunca mais o encontraria; por outro, constatava que podia se virar com muito pouco, o que lhe concedia a liberdade de ganhar pouco dinheiro. A libertação — que Ele só chamaria assim muito tempo depois, e sempre com uma expressão ambígua — era dupla: das pressões da vida social, que Ela levara consigo ao ir embora — todos os aniversários e festas e coquetéis que eram a contribuição dela à relação e dos quais Ele participava só para agradá-la e porque sentia vergonha de admitir que não tinha muito interesse por outras pessoas —, e das angústias financeiras. Das angústias, se encarregava M., que conseguiu de seu chefe um adiantamento para o próximo livro que Ele iria escrever — e sobre o qual Ele ainda não tinha a mínima ideia, é claro — e convenceu alguns de seus editores estrangeiros, agindo informalmente como agente literária dele, a adiantarem pagamentos; a situação dele, nesse sentido, era atípica: poucos ensaístas eram traduzidos, e esse número, já em si bastante limitado, tinha se reduzido ainda mais com a chegada da crise econômica alguns anos antes. Várias pessoas que Ele conhecia haviam perdido o trabalho por causa da crise, e até M. quase foi despedida durante uma redução de pessoal, dessas que, desde o começo da crise, o mercado editorial volta e meia encenava para se desfazer de seus elementos mais originais; M. manteve o emprego devido à pressão discreta mas insistente de alguns dos autores da editora onde trabalhava, inclusive Ele, embora sua opinião talvez fosse a que menos tenha pesado na decisão de mantê-la no cargo. Desde então, alguma coisa na relação de M. com os livros parecia ter se quebrado, como se ela também tivesse entendido que o mercado editorial sempre acaba expulsando de si mesmo a própria originalidade que, contraditoriamente, pretende comercializar com cada novo livro; M. ocupava a posição intermediária no confuso organograma das editoras, uma posição onde Ele sempre encontrou a maior quantidade de talento e amor pelos livros; ambas as coisas, no entanto, eram volta e meia ameaçadas pela precariedade dos empregos nessa faixa e pela exigência de resultados econômicos inviáveis em um momento em que, se a avaliação dele era correta, estava chegando ao fim o período histórico em que o interesse pelas artes, inclusive a literatura, não era visto como um defeito de caráter, e sim como uma forma de habitar o mundo.

Talvez, como muitas outras pessoas em sua situação, M. tenha sido obrigada a deixar de lado o interesse pela literatura para continuar publicando livros, e preservava esse interesse na esfera privada, onde estava a salvo das exigências de rentabilidade que imperavam no mercado editorial: muitas pessoas em situação parecida com a dela falavam do próprio catálogo com cinismo ou se esforçavam para justificá-lo mediante elaboradas e nunca muito convincentes estratégias retóricas; outros caíam em depressão e faltavam ao trabalho por longos períodos. M. só bebia um pouco mais do que antes e prestava atenção um tanto excessiva aos memes que circulavam na internet e que considerava — e nisso Ele estava de acordo com ela — o último refúgio dos humilhados e feridos, o gesto de rebeldia por excelência de uma época em que, na realidade, não há mais nenhuma forma de rebeldia possível.

Havia algumas horas estavam bebendo vinho no apartamento em frente à livraria e já estavam um pouco bêbados. M. se sentara no chão, ao lado dele, entre duas pilhas de livros que Ele apoiara contra as paredes logo que se mudou e desde então não tivera tempo nem disposição para arrumar; sabia que um dia teria que fazer isso para poder voltar a escrever, já que, para Ele, a escrita tinha estreita relação com a leitura, mas tinha a dúvida torturante e continuamente reprimida de não ser capaz de escrever outro livro algum dia. Nem ler direito Ele tinha conseguido nas últimas semanas, não se lembrava da última vez em que um parágrafo ou uma página o haviam distraído, ainda que brevemente, da constatação de sua perda. Ele se esforçara para estar com Ela — e Ela se esforçara também, provavelmente —, mas ambos tinham se afastado um do outro apesar da proximidade física; talvez Ela tivesse medo de que Ele a decepcionasse e Ele tivesse incorporado esse medo e acrescentado a ele a certeza de que acabaria fazendo isso, de que em um momento ou outro a decepcionaria. Cada vez que Ele se surpreendia ao perceber que não estava pensando nela — embora, é claro, descobrir que não estava era uma forma de pensar nela, imediata e irreversivelmente —, sentia vontade de escrever-lhe para dizer que Ele tinha superado, mas isso só mostrava que na verdade não tinha, pelo contrário: como em todo relacionamento amoroso — inclusive os que já terminaram —, cada demonstração de força era, ao mesmo tempo, o reconhecimento de uma fragilidade intrínseca, e era para não exibir essa fragilidade, em nome do seu orgulho e obedecendo suas ordens, que Ele parou de escrever a Ela.

M. contava a Ele sobre a descoberta que um grupo de psicolinguistas fizera alguns anos antes de algo que chamavam de "efeito QWERTY": as pessoas que têm filhos tendem a batizá-los com nomes que contêm mais letras do lado direito do teclado do que do esquerdo. Uma pesquisa recente confirmou que isso não é uma exceção à regra: de fato, os sites e perfis em redes sociais cujos nomes contêm mais letras do lado direito do teclado do que do esquerdo geralmente recebem avaliações mais positivas, fazem mais vendas e são mais visitados. A tendência se estende até áreas onde a escolha do nome tem objetivos diferentes e busca produzir outros efeitos, já que, de acordo com os pesquisadores, os nomes dos atores e das atrizes pornôs mais famosos geralmente também contêm mais letras do lado direito do teclado. Embora o grupo de psicolinguistas que realizara a descoberta não tivesse se atrevido a formular nenhuma hipótese, M. tinha certeza de que a explicação devia estar nas mudanças que certamente ocorreram na distribuição da linguagem pelos hemisférios cerebrais desde que o uso de máquinas de escrever começou a se popularizar, há cerca de cento e cinquenta anos; Ele achava que esse raciocínio não era descabido, mas partia da presunção de que todos os teclados tinham a mesma configuração de teclas — o que não sabia se era verdade, e não dava conta da existência dos canhotos. A tarde ainda não tinha chegado ao fim, mas o apartamento já estava na penumbra, com exceção de algumas manchas de luz que se projetavam no chão desenhando as folhas da árvore que ficava em frente ao prédio; Ele tinha quase certeza de que M. devia estar trabalhando nesse horário e desejou com todas as suas forças que ninguém percebesse a ausência dela, onde quer que ela tivesse que estar nesse instante, provavelmente na editora. Tinha convidado M. para almoçar com o objetivo — evidente, Ele achava — de deixar para trás a discussão que haviam tido; M. foi pontual e trouxe três garrafas de vinho, o que, claramente, era um exagero; no entanto, agora estavam bebendo a quarta, que Ele foi buscar no fundo do armário onde um decorador pouco talentoso ou simplesmente idiota tinha colocado, diante da falta de espaço, um pequeno fogão e a geladeira: a solução era tão ridícula quanto irritante. M. dizia a Ele que precisavam pensar em títulos para seu próximo livro que incluíssem a maior quantidade possível de letras do lado direito do teclado: "Polímero" parecia uma excelente escolha, dizia, desde que Ele fosse capaz de escrever algo sobre o tema. Ele não achava factível, e então, em vez de responder a ela, disse que estava feliz por ela ter aceitado o convite; passara os últimos cinco anos de sua vida cozinhando para duas pessoas e cozinhar para uma só lhe parecia uma tristeza, admitiu; não sabia se tinha condições de fazer isso. Ao ouvir as próprias palavras, no entanto, Ele se arrependeu de dizê-las, porque entendeu que o que fariam em seguida, e como consequência do que Ele parecia ter insinuado, era algo que talvez nenhum dos dois realmente desejasse, algo que provocaria efeitos sobre sua amizade durante os anos seguintes, não importa como fossem. M. parecia ter entendido o mesmo, e hesitou por um momento. Em seguida, apoiou a cabeça no ombro dele. E disse que precisava dele.

7

Embora Ela achasse que estava havia muito tempo no banheiro, na realidade só haviam passado alguns minutos desde que se trancara nele; o banheiro não tinha janelas, distorcia e amplificava a gritaria — causada mais pelos adultos do que pelas crianças, por sinal —, o que a fazia pensar no rugido de um animal terrível. Apesar de não se sentir atraída pela ideia e de prever que talvez se sentisse desconfortável, teve que aceitar o convite porque A. era o tipo de mãe que acha indispensável comemorar o aniversário dos filhos e exige que os amigos adultos compareçam à festa. O que será que o filho, que fazia apenas três anos de idade, se lembraria dessa comemoração quando fosse adulto? Ela tinha apenas uma lembrança nebulosa das festas de aniversário organizadas por seus pais, uma espécie de cena breve em que talvez se misturassem cenas de dúzias de festas, e que terminava com Ela trancada no banheiro exigindo que os convidados fossem embora. Ainda que estivesse disposta a reconhecer que talvez a cena fosse imaginária, Ela sabia que o final não era: aconteceu na sua festa de onze anos, seus pais tiveram que mandar todas as crianças embora, esse foi o último aniversário que Ela foi obrigada a comemorar. Contada de diferentes formas, às vezes jocosas e às vezes não, a história de como Ela virou as costas para os convidados da própria festa de aniversário serviu mais tarde para explicar sua personalidade e, em boa medida, a moldou; a partir de então, muitos dos traços dessa personalidade, que Ela exibira prematuramente — certa introspecção, um interesse e uma facilidade notáveis para os estudos, o gosto por brincadeiras solitárias —, e também os que exibiria mais tarde — como o aparente desinteresse em encontrar namorado quando a maioria das amigas tinha um, os períodos de isolamento, em que viajava ou escapava de alguma forma do dia a dia, a predileção por uma arquitetura dos espaços vazios em que o indivíduo pudesse abstrair-se da multidão —, seriam associados a essa cena, que serviria de explicação ou de antecedente.

Abriu a torneira e lavou as mãos pela segunda vez, distraída; quando terminou, descartou sua imagem no espelho ao abrir o armário do banheiro. O que a impelia não era realmente a curiosidade, e sim o desejo de uma constatação, que ocorreu com um simples olhar: no armário havia óleos para bebês, xaropes infantis, várias joaninhas de plástico, um objeto que Ela achava que se chamava "mordedor", um tubo de parafina, vários conta-gotas, um pote de óxido de zinco, talco, um pacote de lenços umedecidos. Também havia um batom, mas estava coberto por uma fina camada de pó: de fato, Ela não se lembrava de ter visto A. alguma vez com os lábios pintados. Lá fora as crianças punham à prova sua beleza e fúria em suas brincadeiras enquanto as mães competiam para saber qual delas chegara mais longe na tentativa de cumprir uma exigência de perfeição que, ao contrário do que Ela achava até aquele momento, não constituía apenas uma obrigação, mas também um mecanismo de defesa diante da impiedosa invasão dos filhos. Eles entravam de repente na vida de suas mães e bagunçavam tudo com sua exigência de proteção e abrigo, suspendiam e deixavam em segundo plano as identidades que suas mães tinham até então e as substituíam pela identificação com um personagem sobre o qual elas não sabiam quase nada; e era essa ignorância sobre o papel que tinham acabado de assumir, essa incapacidade de avaliar, já que não tinham parâmetros de comparação, se estavam cumprindo com seu papel de forma eficaz, que as levava a abraçar a ideia de uma maternidade de festas temáticas, baby-sitters do norte da Europa que introduziam as crianças no bilinguismo, tarefas compartilhadas, fogueiras na floresta, drinques sem álcool, crianças que estudavam balé e construíam cidades de Lego, bolos de aniversário sem glúten, vestidos, sorrisos, velas, colégios bilíngues, fotografias com fundos de cores claras. Eram visões difíceis de realizar e que, no entanto, atormentavam as mães com sua enganosa simplicidade; contribuíam para uma espécie de ideal que elas abraçavam frente ao terrível vazio em que sua nova condição as deixara; despojavam a maternidade de seu caráter de ato essencialmente físico para transformá-lo em uma espécie de cultura, na qual as necessidades e demandas entravam em choque com uma oferta aparentemente inesgotável para produzir a impressão de que a maternidade era um destino, um lugar aonde se chegaria algum dia se não cometessem erros. Sua mãe bebeu álcool durante toda a gravidez; seu pai nunca leu para Ela na cama, Ela aprendeu inglês tardiamente. Foi tão ruim assim? Ela achava que não; embora, é claro, achasse isso porque não tinha recebido outro tipo de educação; uma educação, por exemplo, que infantilizasse tudo, como algumas mães que Ela conhecia que usavam diminutivos até quando não estavam falando com os filhos, que adotavam gestos e um jeito de falar que exageravam involuntariamente o comportamento desajeitado das crianças. Será que Ele e Ela teriam acabado falando desse jeito? Nem valia a pena perguntar, pensou.

Quando saiu do banheiro, esbarrou em A. e ela lhe perguntou se tinha tabaco; quando Ela disse que sim, A. pegou-a pelo braço e levou-a até a varanda, para um canto onde não podiam ser vistas de dentro do apartamento: o sigilo de A. e o jeito como lançava olhares furtivos ao redor lembravam algumas experiências que Ela tivera na adolescência. “Eu, em geral, não...”, A. começou a dizer, mas interrompeu-se para dar algumas tragadas rápidas. Não haviam tido a oportunidade de falar a sós desde que Ela chegara à festa, e A. lhe perguntou como estava; Ela tentou sorrir, mas não conseguiu, e a amiga balançou a cabeça. Não podia continuar assim, disse ela, em tom de repreensão. "Sete em cada dez relacionamentos acabam, um em cada três casamentos termina em divórcio, e você não era nem casada", disse. Depois da faculdade, A. se especializara na elaboração de estatísticas; como várias de suas amigas — e A. tinha dezenas, era o tipo de pessoa que precisa da presença contínua e permanente de um público —, Ela tinha a impressão de que essas estatísticas não precediam as opiniões de A., mas, pelo contrário, eram resultado dessas opiniões. Parecia haver, contudo, uma contradição entre, por um lado, a convicção de A. de que a maior parte dos relacionamentos amorosos acaba fracassando e, por outro, seu esforço para aderir a uma maternidade de anúncio publicitário; a contradição fez com que Ela ficasse em alerta por um instante, até que compreendeu que ambas as coisas eram, na realidade, complementares, que os olhares amorosos que A. trocava com o marido — cujo servilismo, mais uma vez comprovado durante a festa, era parecido com o dos cachorros que apanham dos donos, quase doloroso de ver — e a animação e a estridência da festa de aniversário eram a confirmação tácita de que A. estava convencida de que tudo terminaria mal entre eles, se é que, de certa forma, isso já não tinha acontecido.

Desde que Ela começara a tomar os calmantes receitados pelo médico, o tabaco lhe produzia enjoos; mas A. pediu outro cigarro e Ela também sentiu vontade de continuar fumando. "Você vai ver, é a incompatibilidade", balbuciou A., completando algum pensamento que não chegara a formular em voz alta. Ela tinha apagado o cigarro anterior em um vaso e guardado dentro do maço para jogá-lo fora mais tarde, mas A. jogou o seu pelo parapeito da varanda e ele pareceu se dissolver no ar. “Trinta e quatro por cento dos europeus já foram infiéis alguma vez e a maioria nunca contou ao parceiro”, continuou. “E, no entanto, nem mesmo a infidelidade consegue preservar a relação. Por quê? Porque a intimidade acaba deixando a gente indiferente ao outro. Pense nas preliminares, por exemplo: no começo de um namoro, elas duram em média uns quinze minutos, mas essa duração tende a se reduzir à medida que aumenta a confiança no parceiro, e isso apesar do fato de só vinte e sete por cento das mulheres alcançarem o orgasmo por penetração; só sessenta e dois por cento de nós se dizem satisfeitas com o próprio corpo, e o jogo de sedução e as trepadas casuais, que são o jeito que eles usam pra levantar a moral e espantar o tédio, não funcionam com a gente por causa do ‘gap orgásmico’, como você sabe: só dez por cento das mulheres chegam ao orgasmo na primeira relação com alguém, enquanto, no caso dos homens, a cifra é de trinta e um por cento e, a partir daí, só aumenta”, disse A. E acrescentou: “Essa é a razão pela qual quarenta por cento dos homens europeus gostariam de fazer mais sexo do que fazem, enquanto só dezenove por cento das mulheres europeias pensam assim”.

O que sua amiga estava tentando dizer?, Ela pensou. Muitas vezes, quando ouvia alguma estatística, Ela ficava pensando em um modo de reformulá-la que refutasse, ao menos em parte, o argumento que a estatística supostamente apoiava; se trinta e quatro por cento dos europeus foram infiéis com o parceiro alguma vez, significava também que sessenta e seis por cento não foram. Não era um argumento a favor da ideia de que nem todos os casais estavam destinados a se separar, pelo menos não por causa de uma infidelidade? As estatísticas de A. pareciam apresentar uma visão imparcial e absoluta dos relacionamentos amorosos, mas tinham o defeito, como todas as estatísticas, de expressarem de maneira tácita o contrário do que afirmavam explicitamente; ao mesmo tempo, caíam no velho e um tanto surrado argumento de que homens e mulheres tinham necessidades distintas, algo que Ela achava surpreendente vindo de sua amiga. É bem possível que essas necessidades sejam de fato distintas, pensou; em algum sentido elas são, é claro. Mas não significa nada; não é um argumento a favor nem contra as chances de um relacionamento dar certo. Por um momento teve a impressão, pelo que A. dizia, de que ela achava que sua relação com Ele terminara por causa de uma infidelidade ou do que, de maneira mais indireta, chamara de uma "incompatibilidade" entre ambos. Em parte era verdade, é claro; mas o fato de que o relacionamento tivesse terminado por algo muito mais importante do que as diferenças anatômicas entre os dois — e as diferentes formas, portanto, como ambos imaginavam e experimentavam o sexo —, e a aparente dificuldade de A. para entender isso, apesar do fato de conhecê-la bem — e mais, a insistência de A. em transformar o que acontecera entre Ela e Ele em uma simples estatística —, lhe provocaram uma espécie de fúria que começou a ferver dentro dela enquanto ambas terminavam seus cigarros. A única coisa que Ela almejava era que as diferenças entre Ela e seus namorados — diferenças evidentes — enriquecessem e ampliassem o repertório de possibilidades em vez de reduzi-lo através do consenso e das afinidades; afinidades que eram importantes, é claro, mas na mesma medida em que era todo o resto, tudo aquilo que a amiga — que, por sua vez, se gabava de ser "feliz no casamento" — acreditava que era uma ameaça às chances que Ela tinha — as chances de todo mundo, na verdade — de encontrar um par. A. se agachou para apagar o cigarro no vaso, como vira Ela fazer minutos antes, mas Ela jogou o seu na rua e ficou olhando por um instante o espaço entre os edifícios.

Naquele momento, Ela pensou, a amizade com A. estava chegando ao fim, ou talvez continuasse, mas em condições completamente diferentes, baseada em algo que Ela só podia descrever como desinteresse ou um certo desprezo pelas opiniões da amiga. Lentamente, e com muita dificuldade, alguém abriu nesse instante a porta da varanda, e as duas deram um pulo: era um menino que veio contar a A. que outro menino acabara de cuspir nele: para provar, o menino, que talvez fosse irmão mais velho de algum dos convidados, mostrou a camisa, onde havia um círculo de saliva na altura do coração que brilhava como uma pequena medalha. Mas A. não havia terminado; antes de voltar à sala com o menino, disse a Ela: "Eles têm, em média, onze vírgula seis parceiras sexuais ao longo da vida, mas nós só temos sete vírgula oito: pode arredondar os números se quiser, pode relativizar a estatística se achar que os homens que participaram da pesquisa talvez tenham exagerado e as mulheres minimizado, por razões culturais; mas o resultado é o mesmo, todos nós já tivemos mais de um relacionamento de um tipo ou de outro, e cada um surgiu por causa do fracasso de um relacionamento anterior. Quem você namorou antes dele, e por que vocês terminaram?".

A. não lhe deu tempo para responder, embora Ela não conseguisse fazer isso mesmo que quisesse. Quando entrou na sala, um momento depois, A. fazia uma acareação entre um menino e o outro que tinha recebido a cuspida e parecia satisfeito por ter se tornado o centro da festa. Ela ficou pensando onde estariam Bg. e E., que haviam se oferecido para ajudar os pais com as crianças mais velhas, e que Ela vira pela última vez lá dentro, tentando organizar algum tipo de brincadeira; encontrou-as no sofá da entrada, iluminadas apenas pelas telas do celular, ambas em silêncio, ignorantes de sua negligência ou convencidas de seu fracasso, mostrando uma à outra seus contatos do Tinder e dividindo o prazer de descartá-los com um gesto. Não havia nenhum sinal do marido de A. nem do filho, e Ela sentiu pelas duas uma inexplicável simpatia.

8

Não havia praticamente nenhum sinal de que morava alguém no apartamento, o que, Ele pensou, podia ser explicado tanto pelo fato de a jovem não gostar do local quanto por uma relação diferente com o espaço, condicionada por suas origens culturais. M. levara algum tempo para convencê-lo a fazer esse favor, mas afinal Ele não encontrou nenhuma boa razão para recusar; além disso, a ideia secretamente o divertia.

A jovem dividia com duas amigas um pequeno apartamento no norte da cidade. Elas não estavam lá quando chegaram, mas Ele formou uma imagem delas observando as coisas que havia na minúscula cozinha: pastas de documentos, um aquecedor, dicionários, uma panela elétrica para fazer arroz, um laptop, miçangas espalhadas pela mesa, que provavelmente eram parte de um colar ou algum outro adereço, cartões-postais de Shenzhen e de Hangzhou colados nos azulejos. Enquanto ferviam água para o chá, M. e a moça discutiam uma compra que haviam feito na semana anterior e da qual estavam arrependidas; Ele não conseguiu entender do que se tratava, nem como e onde as duas tinham se conhecido. A jovem falava bem espanhol e agradeceu a Ele por ter se disposto a ajudá-la apesar de não a conhecer; os pais dela não eram pessoas conservadoras, explicou, mas também não eram alheios ao contexto cultural de onde vinham: seus parentes e os amigos do pai perguntavam constantemente como ela estava, e na idade dela, disse, para a maior parte da sociedade chinesa, uma mulher só está bem se está comprometida, então ela teve que dizer que tinha um namorado, o que resolveu alguns problemas e criou outros. Uma amiga que não era M. a convencera a fazer uma encenação: seus pais, explicou, se conheceram durante a faculdade, em uma das jornadas de doutrinação do Partido Comunista na localidade de Hefei, e se casaram algum tempo depois, seguindo as diretrizes do Partido; ambos eram funcionários de médio escalão e pertenciam a uma geração de chineses que haviam tomado consciência das contradições do sistema — cuja nova etapa ajudaram a consolidar, é claro —, mas não o renegaram completamente e continuavam sendo comunistas, o que — pensava — não se devia tanto a suas convicções, e sim ao medo que sentiam ao imaginar uma existência como a da filha, sem o Partido para fornecer alguma orientação e alguma estrutura. Sua geração era a do fingimento, ela afirmou; quase todos os seus amigos fingiam de uma forma ou de outra, especialmente os que viviam fora do país: na realidade, ela — disse a eles enquanto servia o chá — gostava mais de mulheres.

Quando conseguiram se conectar, duas pessoas diminutas e vestidas de maneira formal apareceram no centro da tela. A jovem começou a falar com eles e em seguida apontou para Ele; tinha lhe ensinado rapidamente a dizer "bom dia" e "é uma honra" em mandarim, e Ele repetiu isso algumas vezes, curvando-se diante do computador. A moça traduzia o que os pais diziam e transmitiu-lhe suas perguntas, que Ele respondeu com as informações que ela lhe dera. Ele achou que sua atuação era inverossímil, entre outras coisas, por causa da distância que havia entre Ele e a moça, mas ela dera instruções para não exagerar na intimidade nem chegar muito perto nem tocar nela: no canto superior direito do monitor, que Ele não conseguia parar de olhar — como sempre acontecia quando participava de uma videoconferência, embora isso não acontecesse com frequência —, os dois apareciam sentados a uma distância igual à que existia entre os pais dela.

Quando terminou a conversa, M. — que ficara longe da câmera — disse que Ele tinha ido muito bem, mas Ele não tinha certeza disso. Em seguida, foram até o parque Dehesa de la Villa, onde M. os fotografou com o celular da moça em diferentes situações e posturas, todas deliberadamente recatadas; Ele trocou duas ou três vezes de camisa, como a moça pedira, e depois ambos vestiram casacos apesar de não fazer frio; em um momento, M. se aproximou dele e bagunçou seu cabelo: tirou fotografias suficientes para que a moça satisfizesse a curiosidade da família durante os meses seguintes; só seria necessária mais uma videoconferência, que poderia ser feita em um café ou em qualquer outro lugar, explicou-lhe a moça: conseguira uma vaga para continuar os estudos em Londres, no fim do semestre, e a essa altura já poderia dizer que tinha terminado com Ele e pensar em algum outro esquema. Enquanto Ele guardava a roupa em uma mochila, M. e a jovem conversaram sobre um aplicativo para celular que fornecia o nome e o perfil nas redes sociais de qualquer pessoa cuja fotografia fosse inserida no programa: para sorte da jovem, o aplicativo não estava disponível na China, onde o Partido continuava produzindo tecnologia e, ao mesmo tempo, impedindo seu uso. Ao se despedir, a moça deu a Ele um presente: era um livro em mandarim, em cuja capa viam-se montanhas cobertas de bruma; eram as montanhas da sua região, ela explicou, mas Ele reparou sobretudo na bruma, que encobria os sopés das montanhas e tornava invisíveis seus habitantes.

9

Ao longo dessas semanas, Ela não tomou nenhuma decisão importante; na verdade, era como se tivesse permanecido imóvel, exceto porque aparentemente estava em movimento e continuava a trabalhar. Andava de metrô mais do que jamais andara, e começou a sentir — enquanto olhava os painéis de propaganda e lia o desespero e o tédio na cara dos outros passageiros — que sua visão estava de alguma maneira se ampliando. Nunca pensara muito nas pessoas que um dia morariam nos edifícios que projetava, e que até então eram só um problema, digamos, técnico; mas agora as via de perto, e os sinais que Ela julgava ler em seus rostos durante essas viagens subterrâneas fizeram com que começasse a sentir por elas uma curiosidade singular. Pelas velhas que remexiam em suas bolsas, pelos velhos que desenhavam uma bolha de letargia e lentidão ao seu redor enquanto caminhavam pelos corredores, pelos jovens que tiravam fotografias de si mesmos comendo batatas fritas, pelos imigrantes que iam para o trabalho, pelas manchetes sobre a *pós-verdade* e sobre a mudança do clima que escondiam os rostos daqueles que ainda liam jornais. Ela preferia os que olhavam para seus celulares, porque sua distração permitia observá-los com mais atenção. Alguém disse uma vez que a mudança na paisagem urbana mais importante das últimas décadas foi o surgimento do celular — as cidades precisavam se adaptar à movimentação espasmódica e distraída que ele causava —, mas isso tinha acontecido há tempos e desde então novas mudanças continuavam a acontecer, como por exemplo a substituição da mensagem de texto pela mensagem de voz. Como isso iria afetar a forma com que as pessoas negociavam as relações entre as palavras e o mundo? Ela não sabia a resposta, mas estava certa de que essas mudanças estavam acontecendo, especialmente porque ninguém reparava nelas. Várias coisas estavam acontecendo ao mesmo tempo, como sempre, e Ela ouvia pedaços de conversas no metrô que revelavam sotaques e idiomas desconhecidos; quando voltava à superfície, sentia que havia saído de uma exposição da qual fora a única espectadora, um mundo de pequenos detalhes e anúncios de alto-falantes que às vezes a reconciliava com a ideia de morar em Madri e em meio àquelas pessoas ou, mais frequentemente, provocava nela o desejo de ir embora. Mas ir embora da cidade era exatamente o que devia ser evitado, pensava: a cidade — disse Ele uma vez, e Ela concordou — criava suas próprias visões de evasão; se essas visões se concretizassem, se o projeto de uma futura vida rural fosse levado a cabo, Ele dizia, a revelação de que tampouco a vida nos pequenos povoados era completamente satisfatória acabaria nos deixando sem alternativas. Uma vez, quando era adolescente, Ela trabalhou como babá na Inglaterra, durante um verão em que cuidou dos filhos de um casal nos arredores de Shrewsbury; gostou de cuidar das crianças, com quem continuou a manter contato, esporadicamente, nos anos seguintes; mas o que mais se lembrava desse período eram os espaços abertos e completamente domesticados que os ingleses chamavam "o campo", onde a paisagem correspondia à concepção de natureza que existia na cidade, e não à sua realidade objetiva. Assim como uma certa ideia de natureza servia a algumas pessoas, por contraste, como uma forma de escapar da vida urbana, a percepção que Ela tinha sobre os outros estava relacionada a uma imagem de si mesma como indivíduo que era algo inédito para Ela, já que tinha se acostumado nos últimos anos a pensar-se quase exclusivamente como parte de um casal. Começava a deixar para trás a dor da separação, mas ainda se sentia culpada; além disso, tinha percebido que, enquanto Ela envelheceria com o passar dos anos, Ele permaneceria jovem em sua lembrança, seu aspecto e sua personalidade imobilizados no momento em que deixara de vê-lo. Com Ele aconteceria o mesmo, é claro, mas isso não era consolo suficiente para Ela.

Ela teve medo de decepcioná-lo e tentou se antecipar aos acontecimentos, mas o resultado foi a decepção, além da separação; naturalmente, tudo isso não estava nos planos, mas, apesar disso, nas últimas semanas começara a perceber que aos poucos se libertava da inibição de sua personalidade — de alguns de seus traços, pelo menos — que fora necessária para que pudesse estar ao lado dele: Ela tentou criar um lugar para Ele e para a ideia de estar com Ele, e isso acabou obstruindo o desenvolvimento de sua personalidade, como sempre acontece nos relacionamentos. Agora, contudo, voltava a sentir tudo de novo, a desinibição de um desejo de novas experiências que Ela atribuía ao menos parcialmente — e de maneira equivocada — a suas viagens de metrô, que a confrontavam com uma visão da cidade da qual talvez Ele tentara protegê-la, poupando-lhe da série de anúncios de casas de penhor e de advogados que tramitavam pedidos de vistos de residência, de papéis que jovens sem rosto depositavam nas mãos das pessoas que entravam ou saíam do metrô e nos quais podia-se ler as promessas de adivinhos, de empresas de segurança oferecendo empregos, de falsos médicos e dentistas e de gente que transportava de um lugar a outro, e de um país a outro, dinheiro, pessoas, alimentos, todo tipo de mercadorias. Não havia nada de atraente nisso, é claro, exceto a manifestação da vitalidade e da veemência da cidade que Ela havia escolhido, uma escolha da qual, por enquanto, não estava arrependida.

Enquanto isso, o fluxo incessante de mensagens que definiam os termos de uma nova sexualidade — ou quem sabe a mera continuidade da mesma sexualidade, Ela não tinha certeza — desfilava pela tela de seu celular, diante do qual Ela se curvava igual a todas as outras pessoas no metrô, não podia evitar. Ela e E. tinham começado a escrever um poema para as amigas: era composto com as frases das cantadas que alguns homens mandavam a E. e a Bg., sem nenhuma chance de sucesso e pouco antes de serem bloqueados pelas duas, como era previsível que aconteceria para qualquer pessoa sensata, exceto, aparentemente, para eles. Por enquanto só tinham alguns versos, mas o poema não parava de crescer; na verdade, poderia ser escrito infinitamente: quando elas se cansassem, milhares de mulheres continuariam o trabalho, infelizmente. O poema dizia: "'De que estrela você desceu?/ Te como todinha!' 'Sou seu Amo/ e você, minha Escrava.' 'Me manda/ uma foto sua pelada/ por dia. É pra controlar/ seu peso.' 'Não é isso, é que você não/ faz o meu tipo.' 'Eu faria um boquete/ no seu pai só pra descobrir/ a receita.' 'Eu quebraria/ todas as cadeiras do mundo/ para que você tivesse que/ sentar na minha cara.' 'Quer/ encher a lata lá em casa?'/ 'Se eu fosse uma melancia,/ você engoliria ou cuspiria minhas sementes?'/ 'Queria conhecer o seu/ ginecologista pra/ chupar os dedos dele.' 'Vou te/ passar herpes, mas mesmo assim/ você vai me agradecer.' 'Você vai/ morder o travesseiro.' 'Quanto/ pesa um urso polar? O bastante/ pra quebrar o gelo: bora/ transar?' 'Anal, ou a gente bate um papo antes pra se conhecer?'/ 'Adoro sua boca, gosto/ da sua cara, quer que eu continue falando/ ou você já tá molhadinha?'/ 'Sou católico e não uso/ camisinha.' 'Você é anatomicamente/ o que eu tô procurando.'/ 'O que eu quero eu consigo./ E o que não consigo,/ destruo.' 'Teus peitos são/ melhores que os da minha mãe.'/ 'Te como todinha o feriado inteiro.'/ 'Vou meter um bebê dentro/ de você.' 'Vinte euros se/ ele couber todo dentro de você'".

10

Durante essas semanas, Ele viu quatro filmes de que não gostou — dois deles no cinema e dois em casa; das quatro vezes, três foram junto com M. — e começou a ler alguns livros que não terminou. Seu método era ler as primeiras quarenta páginas: se não acontecia nada que indicasse que valia a pena continuar lendo — nenhum indício de que poderiam se recuperar de um começo péssimo —, largava os livros, sem ligar para a reputação dos autores ou para os elogios que tivessem recebido. É claro que esse método era inadequado para ler ficção, mas funcionava bem com ensaios, e era principalmente isso o que Ele lia. Algum tempo antes, trabalhara como crítico literário, mas assim que pôde abandonou a atividade, pelos motivos óbvios: a remuneração irrisória, os prazos apertados, uma certa transformação nas percepções a respeito da profissão. Algo na crítica literária parecia especialmente atraente para as pessoas que queriam estar perto do poder, mesmo que fosse o poder literário, que era muito modesto: tudo consistia em fingir autoridade e ser reconhecido como tal, ainda que fosse evidente que essa autoridade era uma impostura. Ele e M. chegaram à conclusão de que a crítica literária parecia uma forma de pareidolia, o fenômeno psicológico em que um estímulo visual aleatório é percebido erroneamente como uma forma reconhecível: os críticos viam rostos em nuvens, Virgens Marias em torradas, parentes mortos em manchas de umidade do chão: sobretudo, viam coisas que não estavam nas obras literárias, como unidade e propósito, duas coisas que elas não necessariamente têm. Os críticos sempre haviam tratado muito bem os livros dele, de modo que as críticas que Ele tinha à profissão não eram resultado de nenhuma briga ou ressentimento, embora "tratar bem" fosse uma expressão infeliz e que nem sempre podia ser atribuída às afirmações feitas sobre os livros dele, que muitas vezes eram incompreensíveis.

Também deviam ser incompreensíveis, provavelmente, as opiniões sobre os livros que tentou ler durante essas semanas, mas não teve acesso a elas. Nos últimos tempos, desenvolvera alguns interesses relacionados a sua dificuldade para dormir. Um médico recomendou que Ele fizesse atividades físicas que o deixassem exausto quando fosse dormir, e Ele — que, de resto, sempre preferiu sair à noite, um hábito que no começo do namoro lhe trouxe alguns problemas com Ela, que preferia ficar no apartamento quando chegava do trabalho — acabou se matriculando numa academia, que frequentou por apenas uma semana: foi desencorajado pela distância — embora houvesse uma certa contradição nisso, Ele achava ridículo se deslocar, fazer um esforço físico para chegar a um lugar onde faria mais esforços físicos —, por seu desinteresse por todos os trabalhos que não fossem mentais e pelo tipo de gente que frequentava as instalações, homens e mulheres, mas especialmente homens, que tentavam melhorar uma aparência física não muito melhorável e ao mesmo tempo se esforçavam para passar um ar de masculinidade e truculência. Quase todos eram homossexuais, revelou M. quando Ele tocou no assunto; estavam criando novas identidades de gênero a partir dos velhos clichês de uma masculinidade exuberante e agressiva. Não era algo incomum entre os homossexuais, afirmou; mas essa apropriação — que fora ensaiada anteriormente com as figuras do dândi, da diva de cinema, do operário de construção, das amazonas: com quase qualquer coisa que se prestasse ao exagero paródico, incluindo os insultos que recebiam de algumas pessoas — agora parecia chegar mais longe, porque não consistia na adoção de uma fantasia, e sim na modificação de um corpo.

Estavam terminando de jantar em um restaurante do bairro; os empregados tinham começado a recolher os pratos, mas eles não tinham pressa para ir embora e fingiam que não estavam percebendo nada. Era como se a desilusão, que ambos sentiam por causas evidentemente diferentes, não coubesse mais entre as paredes de seus apartamentos, mas se tornasse suportável na companhia do outro e apenas em espaços públicos, onde essa desilusão só podia ser exibida de forma parcial e controlada. Como a maioria das pessoas que experimentam algum tipo de pesar, Ele achava que o seu era maior do que o de M., que não conseguia entender inteiramente. Uma vez, M. lhe contou que saiu com alguém que trabalhava em uma academia; um "monitor", foi assim que ela o chamou: o cara era surpreendentemente eloquente para a quantidade irrisória de coisas que tinha a dizer, mas o que despertou a antipatia de M. foi perceber que — talvez sem ter consciência disso, mas quem sabe usando alguma técnica de sedução, dessas que os homens ensinam uns aos outros quando estão a sós, geralmente com resultados lamentáveis — o cara imitava os movimentos dela, o modo como ela botava a mão no rosto, o jeito como inclinava a cabeça quando estava escutando alguém, uma forma específica de cruzar os braços. Quando percebeu isso, M. sentiu uma espécie de repulsa: mas acabou indo para a cama com ele, algo que agora, enquanto contava isso a Ele, lhe parecia surpreendente, uma decisão cujos motivos ela ignorava completamente, embora pudesse imaginar que o tédio e um certo desejo de rentabilizar as horas já investidas em aguentar o cara provavelmente tiveram algum papel nisso. Durante esse período de sua vida, M. costumava ter o que chamou de "encontros", mas eles nunca terminavam bem; M. — que dizia não ter nenhum talento para essas coisas — lembrava desses encontros como se fossem entrevistas de trabalho, com a desvantagem adicional de durarem a noite toda, ou boa parte dela: com o passar do tempo, deixou de fazer isso, disse. Ele achou que a conversa continuaria girando em torno dos relacionamentos amorosos dela, um assunto sobre o qual ela nunca falara até então, e quase fez um comentário, mas M. já tinha mudado de tema, ou melhor, voltado ao tema anterior: ela lera sobre certos insetos hermafroditas cujo sexo era determinado através da violência, contou; eles se enfrentavam e o que perdia virava "fêmea".

Ele ficou impressionado com a história. M. não se lembrava do nome dos insetos, mas acabou se contradizendo, pelo menos em parte, ao afirmar que não achava que o exemplo fosse um argumento a favor da homossexualidade, embora também não fosse contrário. A conversa entre os dois começou a desacelerar como um trem chegando à estação, lenta e pesadamente; mas ambos pareciam apreciar os períodos de silêncio em que o outro caía, e ficaram bebendo até que os funcionários do restaurante disseram que precisavam ir embora. M. insistiu em pagar a conta, e depois se separaram na esquina do restaurante, sem saber direito como fazer isso, depois de um instante de hesitação, no qual Ele ficou pensando confusamente enquanto voltava a seu apartamento. Quando chegou, escreveu uma mensagem de texto para M., mas imediatamente a apagou: não se deu ao trabalho de acender as luzes e continuou por algum tempo sentado na escuridão, sem se atrever a dar o passo seguinte.

II

Novembro ainda não havia terminado quando começaram as conversas no escritório de arquitetura sobre o jantar de fim de ano: primeiro as secretárias, em seguida os chefes e mais tarde o resto dos funcionários, obedecendo assim — pensava Ela — à maneira como as modas e os boatos costumam circular: a classe baixa inventa alguma coisa, a classe alta se apropria dessa coisa e depois a classe média imita a classe alta, geralmente quando o componente de classe daquilo que for objeto dessa singular forma de circulação já tiver se desfigurado ou trocado de sinal. Assim como as tendências e os bens que circulam dessa forma entre os membros de uma sociedade, o jantar — ao qual Ela não tinha a menor vontade de ir, como todos os anos — reafirmava as categorias existentes no escritório ao fingir que elas eram subvertidas por uma noite; como no carnaval, que foi tão importante para a perpetuação da sociedade medieval — e que, no entanto, já caíra completamente em desuso, exceto entre as crianças e os brasileiros —, a inversão das relações de poder durante um curto período de tempo reafirmava e reforçava essas relações: tudo o que acontecia durante esse jantar — incluindo as conversas, as declarações bombásticas provocadas pelo álcool e pelo ambiente festivo, as minúcias de quem disse o que, a quem e como — era repetido ao longo do ano, em geral para pôr alguém "em seu lugar".

Quando chegou ao restaurante, Ela descobriu que os lugares tinham sido marcados com antecedência e estavam sinalizados com cartões; o lugar ostentava um certo ar de elegância padronizada que imediatamente a fez pensar em recepções de hotéis e em alguns aeroportos, um misto de austeridade e pompa; e também de penumbra: só conseguiu ler o cartão que designava seu lugar na mesa quando um dos novos funcionários fez sinais para que Ela se sentasse ao seu lado; sua posição hierárquica superior aos que estavam à sua volta — tinha sido colocada entre os funcionários contratados recentemente, que deviam achar que Ela era uma espécie de sobrevivente, dada a facilidade com que as empresas vinham se desfazendo de seus funcionários desde o começo da crise econômica — ficou explícita com o silêncio incômodo que se instalou na mesa no momento em que ocupou seu lugar; embora Ela pudesse ter voltado para casa para se trocar, continuava vestindo a mesma roupa com que fora trabalhar naquele dia, e esse detalhe — com o qual Ela quis deixar claro seu desinteresse pela festa — se tornou evidente quando observou que todos tinham se arrumado, inclusive os jovens. Assim como o restaurante em que estavam — cuja suposta elegância derivava da acumulação de sinais contraditórios de distinção —, os novatos na empresa aderiam a algumas convenções que ressaltavam sua condição de empregados fora do horário de trabalho, o que significa que tinham afrouxado a gravata e alguns — os mais atrevidos — tirado o paletó: nascidos dez anos depois dela, eles tinham tendência a imitar os executivos agressivos dos filmes dos anos 1980, talvez porque essa década consagrou uma representação estética do trabalho marcada pelo hedonismo, e cujo uniforme eram as ombreiras e os paletós grandes demais que, com aquele volume todo, acabavam na verdade atrapalhando o trabalho. Ele — Ela se lembrou nesse momento — via na nostalgia em torno dessa época algo mais do que um entusiasmo superficial, já que foi a última década do século — e a última desde então, dizia Ele em um de seus livros — em que o capitalismo pareceu ser capaz de superar suas contradições; a última década que podia parecer, pelo menos para aqueles que não a viveram, uma década "feliz", alegremente inconsciente do triunfo póstumo de Thomas Robert Malthus. Não fazia diferença se, como defendiam alguns, o medo havia começado com a queda de umas torres em Nova York ou se, como afirmavam outros, era consequência dos sinais que antecipavam esse medo desde vários anos antes, porque o resultado era o mesmo: um mundo paralisado pelo terror, que permanecia preso às causas que o provocavam sem ter sequer a alegria infantil de décadas anteriores, com o gesto fútil da imitação e da nostalgia prematura.

Ela não prestou atenção no que estava comendo e as conversas à sua volta não lhe diziam nada, eram o zumbido indesejado de uma luminária que ninguém se levantava para apagar; quando terminaram, todos foram até o bar tomar uns drinques: quando Ela disse que estava indo embora, a declaração foi recebida com vaias, e um de seus chefes colocou em suas mãos um copo, com um gesto autoritário e ao mesmo tempo displicente. Começou a contar que estivera em Medellín, o que Ela já sabia. Pr. era um dos três sócios fundadores do escritório; sua reputação era superior à dos outros dois, apesar de — ou talvez por causa disso — ser aparentemente o que menos trabalhava dos três; na verdade, era uma espécie de embaixador informal da arquitetura espanhola, alguém cujo prestígio — baseado numa ponte e num museu que projetara para dois municípios do norte do país durante a década de 1990 — se alimentava da determinação de não se envolver seriamente em nenhum outro projeto, como se o fato de nunca mais ter criado um edifício fosse a manifestação de seu talento para a arquitetura. Pr. era a referência que Ela escolhera para si mesma durante a universidade e a razão pela qual quisera tanto trabalhar em seu escritório, onde a presença dele, mesmo rara, sempre provocava nos funcionários um frenesi de ansiedade e, nela, uma espécie de excitação.

A conversa fluía em uma só direção, porque Pr. era incapaz de esconder seu entusiasmo; Medellín — mais do que Xangai ou Dubai, cujo urbanismo se tornara hostil para seus habitantes — era o futuro da arquitetura, dizia. Ela enterrou o rosto no copo, como se tivesse medo de que Pr. pudesse ler seus lábios. Os sinais de uma arquitetura futura que Pr. acreditava ter visto na cidade colombiana não a entusiasmavam, mas a atenção que seu chefe lhe dava nesse instante — e o álcool, de que já começava a abusar — provocavam uma embriaguez previsível, que sentia como se estivesse acontecendo com outra pessoa; com alguém que, ao contrário dela, tivesse aprendido a se deixar levar. Enquanto Pr. falava, suas opiniões sobre Medellín começaram a interessá-la menos do que uma certa dissociação que percebia em si própria e que lhe dava uma leveza e uma vitalidade que havia tempos não sentia; tudo aquilo estava acontecendo com outra pessoa, disse a si mesma e, na certeza de que assim era, acompanhou Pr. ao banheiro quando ele lhe fez um sinal, cheirou apressadamente uma das carreiras de cocaína que ele bateu sobre um de seus cartões e em seguida ficou olhando para ele, como se o visse pela primeira vez. Ela não consumia cocaína desde a adolescência e a dor que sentiu entre as sobrancelhas logo depois de cheirar — e que se espalhou rapidamente sobre o olho esquerdo até alcançar o parietal, como acontecera todas as vezes no passado — pareceu-lhe um sinal de uma lucidez ardentemente desejada. Quando beijou seu chefe, notou que sua saliva era grossa e que ele cheirava a álcool, como uma bebida envelhecida demais. Pr. deixou que

Ela o beijasse, mas em seguida colocou a mão na cintura dela e afastou-a delicadamente; Ela imediatamente se sentiu envergonhada por desejá-lo e humilhada porque seu desejo não era correspondido; tentou fingir que nada havia acontecido, mas Pr. começou a olhá-la com curiosidade, como se sempre tivesse sabido que Ela algum dia o beijaria e estivesse comparando as diferenças entre o que imaginara e o que estava acontecendo agora: sugava o lábio inferior com uma expressão lasciva e ao mesmo tempo entediada, como se tudo isso já tivesse acontecido antes, em lugares semelhantes e com pessoas parecidas. Pr. pediu a Ela que esperasse um momento antes de ir atrás dele, e saiu do banheiro. Quando Ela voltou à festa, alguns minutos depois, seu chefe tinha ido embora e nenhum dos colegas, nem mesmo os mais jovens, pareceu se importar quando Ela fez o mesmo.

12

O nome dela apareceu na tela do celular e num instante Ele já estava completamente acordado, embora a voz dela parecesse a de alguém falando no meio de um sonho, em pânico. Do outro lado da linha, só era possível ouvir o barulho dos raros automóveis que transitavam a essa hora pela cidade e o choro dela. "O que houve? Você tá bem? Onde você tá? O que aconteceu?", murmurou no celular, mas Ela não conseguiu responder a nenhuma das perguntas. "Você acha que a gente pode voltar?", Ela perguntou, por fim. Ele não soube o que responder; mas pensou, como se Ela pudesse ler seus pensamentos: Não faça isso comigo, não me arraste de novo agora que finalmente estava começando a não doer. "Você tá bem?", perguntou de novo, e Ela respondeu que estava. "Queria te ouvir, só precisava falar com você", balbuciou. Ele respondeu que sentia a mesma coisa, mas depois os dois ficaram calados; de repente se instaurou entre eles a mesma antiga sensação de que conversar era algo prazeroso para os dois, que não tinha lugar nos momentos infelizes: nesses momentos, ambos conseguiam entender um ao outro sem uma palavra. Ela parou de chorar, e Ele ficou em silêncio ouvindo a respiração dela; provavelmente Ela se sentara em algum banco, porque Ele não ouvia mais seus passos. "Não devia ter te ligado", admitiu Ela, mas Ele não respondeu; perguntou de novo onde Ela estava e se estava bem, e Ela disse que ficaria. Depois perguntou a Ele como estava, e Ele, sabendo que Ela não conseguiria ver o gesto, não pôde fazer outra coisa senão dar de ombros. "Amanhã você vai ver as coisas de um jeito diferente, não importa o que for", foi tudo o que Ele conseguiu dizer. Ela começou a chorar baixinho e disse que Ele tinha razão, que Ele estava certo. Pediu desculpas de novo por ter ligado a essa hora, e disse que estava em frente a uma lanchonete e que ia entrar e pedir um café e depois ia desligar. Ele — que tantas vezes nos meses anteriores quis ligar para Ela, ou quis que Ela ligasse — sentiu que devia deixar que Ela fosse embora de novo: disse que era uma ótima ideia e ouviu os passos dela atravessando a rua e logo depois a música da lanchonete, que parecia vir de uma televisão ligada em algum passado remoto. "Vou desligar agora", disse Ela, mas Ele pediu um segundo. Pensou em como dizer a Ela o que sentia, mas não encontrou as palavras e, por fim, disse apenas que ainda gostava dela; na verdade, disse que a amava, uma expressão da qual sempre desconfiara e que Ela — que provavelmente esperou ouvi-la dos lábios dele durante todos os anos de seu relacionamento, sem sucesso — uma vez lhe dissera, enquanto viam juntos um filme: uma frase que Ela achava ridícula, o que talvez fosse uma maneira de convidá-lo a ser ridículo como Ela e como os personagens na tela, a aceitar a cota de irrisória humanidade a que Ele tinha direito por estar vivo e estar apaixonado. Já não se lembrava do título do filme nem do diretor, mas se lembrava que, naquela vez, Ele não disse que a amava e deixou passar uma oportunidade que agora lhe parecia perdida para sempre. Agora, ao ouvir a frase, Ela não respondeu nada; a música da lanchonete soou por mais um instante no celular e em seguida Ele só escutou alguns ruídos e depois o silêncio.

IV.
A campanha de Natal

I

Depois tudo voltou a se repetir, como da primeira vez: a angústia e o desejo de ligar para Ela e a convicção de que nem tudo estava perdido e que as coisas tinham solução. Durante o dia, Ele conseguia se manter ocupado — embora nunca se lembrasse exatamente como —, mas depois que o sol se punha não conseguia conter a dor nem o silencioso desespero; era nesses momentos que ligava para Ela, mas Ela nunca atendia suas chamadas e não recebia suas mensagens. Talvez, pensava Ele, a insistência acabasse se transformando, por fim, em outra forma de comunicação: três ligações perdidas podiam significar que tinha sido um dia banal; uma ligação, que o dia tinha sido bom, que Ele ficou bem e conseguiu se distrair ou ser distraído pelo que estava fazendo, não importava o que fosse. Se Ela não trocasse o número do celular, e enquanto nenhum dos dois se cansasse disso, poderiam manter ao menos essa forma de comunicação, em mais um dos idiomas privados que aprenderiam a falar ao longo de seu relacionamento, como todos os casais.

Mais uma vez, o inverno chegou sem avisar e a cidade ficou em silêncio e em suspenso. Ela nunca mais ligou, quem ligou — embora só uma vez — foi S., o marido de A. Ele e S. nunca tinham sido amigos, de modo que o telefonema lhe causou uma pontada de inquietação, que só diminuiu quando começaram a conversar: na realidade, S. não tinha nada a dizer, e os dois perceberam isso após trocarem algumas frases de cortesia. S. falou brevemente sobre o trabalho e contou que o filho fizera aniversário e que sua mulher organizou uma festa com tanta gente que o menino até se assustou: S. teve que ficar com ele em um quarto até a festa terminar, disse. Ele sentiu uma imediata simpatia pelo marido de A. e imaginou-o no escuro, abraçando o filho, que Ele só vira uma vez quando tinha acabado de nascer, uma coisa minúscula e frágil grudada na mãe como uma espécie de estranho apêndice que supurava fluidos desconhecidos; sempre teve a impressão de que S. não tinha personalidade, ou de que era reprimido pela personalidade invasiva e exuberante da mulher; o telefonema dele — Ele entendeu com uma lucidez repentina — era, no entanto, uma forma de rebeldia, algo que talvez o marido de A. achasse que "era o que se esperava dele" pelo fato de os dois serem homens, mas que, por acontecer com tanto atraso — fazia mais de três meses que Ela tinha ido embora, e S. com certeza sabia disso —, e dada a aparente dificuldade de S. até para tocar no assunto durante a conversa, acabava invertendo a relação entre eles e desvirtuando o objetivo do telefonema: na verdade, era Ele quem se sentia obrigado a prestar solidariedade, pela existência de uma vida interior que S. não podia exibir publicamente e da qual Ele tomava conhecimento, pela primeira vez, nesse momento. Nervoso pela ousadia de ter ligado para Ele, só Deus sabe depois de quanta hesitação, S. esqueceu de perguntar como Ele estava e nem mencionou o trabalho dele, assunto sobre o qual, aliás, as pessoas nunca perguntavam, talvez porque não achassem que as coisas a que Ele dedicava seu tempo — como observar, ler, escrever ensaios e, de forma mais geral, escrever — fossem realmente um trabalho, por razões não muito difíceis de imaginar; por fim, antes de se despedirem, nenhum dos dois sugeriu um encontro que na verdade não desejavam, e que o marido de A. talvez não tivesse condições de encarar: ambos sentiram alívio quando a conversa acabou.

Ele não contou a M. que Ela havia telefonado, mas M. percebeu a evidente deterioração de seu estado de ânimo e começou a visitá-lo diariamente no apartamento, como fizera pouco depois da separação; levava comida e um par de garrafas de vinho quando saía do trabalho. Ele dizia que era seu período *Leaving Las Vegas* e M. teve que assistir ao filme de novo para saber do que Ele estava falando; depois de assistir, no entanto, achou que não havia relação alguma entre o que estava acontecendo entre eles e o que se passava na tela. Ele desenvolveu um enorme interesse por certas particularidades sexuais de alguns insetos desde a noite em que ela tocara no assunto pela primeira vez, e a mantinha a par de suas descobertas. Uma pequena mosca parasitária da América do Norte, por exemplo, coloca seus ovos no abdome das abelhas; quando as larvas nascem, abrem caminho através da hospedeira, devorando-a até sair pela cabeça do cadáver da abelha, e por isso a espécie também é conhecida, Ele lera, como "mosca decapitadora". Uma vespa parasita fazia algo parecido, contara; mas, no seu caso, eram as formigas as que eram devoradas por dentro, sobre elas investia a parasita para depositar seus ovos. Outra vespa, na Costa Rica, usa como hospedeira um tipo específico de aranha, em cujo abdome introduz um ovo; desse ovo nasce uma larva que se alimenta da aranha até que, depois de certo ponto, injeta uma substância química que faz com que a aranha teça uma teia anormalmente densa, dentro da qual a larva acaba comendo a hospedeira; uma semana e meia mais tarde, a larva surge de dentro da teia que sua vítima construiu, agora transformada em vespa, e o ciclo recomeça.

Não eram os únicos exemplos que Ele havia reunido; seu interesse no tema — disse M. — provavelmente tinha origem em um medo muito concreto, que ela não compreendia e que talvez fosse exclusivamente masculino; embora ela nunca tivesse desejado ser mãe, sabia que a parasitagem e a invasão dos corpos faziam parte de uma visão da maternidade que era compartilhada tanto por homens quanto por mulheres, muitas vezes sem se atreverem a reconhecer isso perante os outros, e à revelia dos esforços feitos pelas instituições para dissimular a natureza essencialmente física da gravidez e do parto. M. logo se interessou também pelo tema, e as conversas noturnas entre os dois se transformaram em uma troca de argumentos em torno de algo que, ela acabou admitindo a si mesma, era uma discussão insensata sobre o percentual de dor que devia ser atribuído à experiência amorosa, e que Ele — em uma manifestação de um antropomorfismo do qual não era consciente, e que revelava muito mais sobre seu caráter do que provavelmente Ele gostaria — considerava um mínimo denominador comum de todas as espécies, inclusive as de animais. As fêmeas de um certo tipo de peixe ornamental do oceano Atlântico, por exemplo, só se acasalam depois que dois machos brigam por elas; por alguma razão — acrescentou M. —, geralmente escolhem o perdedor. Os machos de algumas espécies de aranhas expelem o pênis para dentro da fêmea durante o coito; se chegarem perto demais delas, são devorados. Um crustáceo do golfo da Califórnia gruda na língua de certos peixes e chupa seu sangue até que o órgão se atrofia; depois que isso acontece, o parasita se torna a nova língua do anfitrião e passa a se alimentar de seu muco. Um outro crustáceo transforma caranguejos em mães de aluguel; a larva do parasita se introduz em um deles e se alimenta de seu sangue: se for fêmea, o caranguejo se torna estéril e cuida dos ovos do parasita como se fossem seus; mas se for macho, acontece o mesmo, já que ele também adota uma atitude maternal com as larvas. Essas imagens de ocupação e violência acabaram se transformando no modo que os dois encontraram de falar de algo de que talvez não conseguissem falar de outra maneira. Ele perguntou a ela algumas vezes sobre sua amiga chinesa; gostou de fingir que era namorado dela.

Uma noite, confessou a M. que a bagunça em que Ela vivia quando a conheceu sempre lhe parecera um sinal de vitalidade, que apesar disso Ele reprimiu várias vezes nos anos seguintes, não sabia bem por quê; por outro lado, Ele era organizado de um jeito insensato, frio, quiçá cruel. Talvez essa fosse sua verdadeira natureza, disse. Não havia nenhuma luz acesa, e M. não conseguia ler as emoções no rosto dele. As luzes da livraria em frente ao apartamento também começavam a se apagar, e logo um dos empregados desceria as persianas e levaria para fora um saco de lixo com papéis e copos de plástico. Estavam havia alguns minutos em silêncio, mas M. achou que Ele queria continuar conversando e perguntou — nunca fizera isso — como Ele e Ela se conheceram. Ele levantou a cabeça e a observou por um momento, como se estivesse fazendo isso pela primeira vez; a curiosidade dele o delatava, na mesma medida que a curiosidade de M. sobre o começo de sua relação com Ela também a delatava, Ele pensou, ao ver que M. colocava instintivamente a mão no rosto, como se quisesse afastar seu olhar. Ele a conhecera na inauguração do estúdio de um pintor com quem não tinha muita intimidade e de quem nunca mais teve notícias, contou; o artista, que cedera uma de suas obras para a capa do último livro dele, fazia pinturas que não eram exatamente não figurativas, mas procuravam questionar a possibilidade de "representar", o que quer que fosse; o livro dele, por outro lado, era um desses ensaios sobre as relações entre as palavras e o mundo em que Ele havia se especializado e que despertavam o entusiasmo da crítica sem que os críticos tivessem muita certeza do que Ele estava falando, o que também acontecia — é claro — com os quadros daquele pintor: no fundo, os dois eram abstratos, e sua relação se baseava nessa afinidade implícita e relativamente circunstancial entre eles.

O novo estúdio ficava em um bairro que em outra época fora habitado por trabalhadores e suas famílias, e que naquele momento estava se desfigurando por causa de uma gentrificação para a qual pessoas como o pintor contribuíam de forma decisiva; assim como essas pessoas, o pintor não estava expulsando a cultura de classe operária à qual aquele bairro devia sua reputação, mas estava colaborando para seu progressivo desaparecimento, que começara em meados da década de 1970; a chegada do pintor se dava sobre o vazio deixado pela extinção dessa cultura de classe, que fora substituída pela demanda de que seus antigos integrantes agora se definissem por um consumo tão intenso quanto seus empregos precários permitissem, em uma reviravolta na qual sua identidade já não girava em torno do que produziam, e sim do que consumiam, e de como conseguiam resistir a esse processo. Tudo isso podia ser considerado — e com frequência era — um pequeno percalço na transição para uma economia centrada na oferta de serviços; mas o fato é que o estrago não era acidental, e suas consequências não eram limitadas: significavam a dissolução do elemento central de uma forma de conceber o indivíduo que nascera mais ou menos no começo do século XIX, assim como um retorno às práticas econômicas que caracterizaram os primórdios da industrialização, uma época em que as pessoas eram apêndices anonimizados das máquinas. M. nunca tinha recebido alguma vez a ligação angustiada de um operador de telemarketing?, Ele perguntou. (A pergunta era meramente retórica, é claro.)

Mas o fato é que na inauguração do estúdio havia um cachorro — um animal enorme e babão deitado ao lado de um grupo de pessoas que observavam as obras do pintor —, por quem Ele sentiu uma súbita simpatia. Não saberia dizer de que raça era, esclareceu, mas era muito grande, e o que o atraiu no animal foi que era evidente que nele se enfrentavam as tensões contraditórias da civilidade e do instinto, toda uma ferocidade oculta que revelava uma vida à qual as pessoas que estavam na inauguração — e das quais Ele só percebia uma série de pequenos detalhes desconexos: tatuagens, cabelos tingidos de cores inverossímeis e escandalosas, esboços, imitações de uma vida estilizada até a negação — haviam dado as costas, ou pelo menos Ele tinha essa impressão. Ele se agachou perto do cachorro e começou a acariciar sua cabeça, que parecia um aríete, algo feito para derrubar muros de antigas fortalezas e provocar o caos, e perguntou a uma mulher que estava em pé ao seu lado como se chamava o bicho. A mulher olhou para o cachorro e depois para Ele, que brincava com o animal. "Não sei, não é meu", respondeu, e nesse momento Ele a observou pela primeira vez e percebeu que era Ela.

Ela tinha projetado o estúdio e concordou, um pouco reticente, em lhe explicar as características técnicas do projeto. Já haviam dito seus nomes um ao outro, mas Ele teve a impressão de que ainda não falara com Ela: durante algum tempo, Ele sentiria, volta e meia, que a distância entre aquilo que queria saber dela e aquilo que de fato sabia dava à relação o caráter de algo preliminar, de algo que antecede o conhecimento de alguém, e é feito mais de especulação do que de certeza. Ela tinha ido à inauguração com o que definiu como "um amigo"; algum tempo depois, confessaria que Ela e o rapaz, que era fotógrafo, estavam havia alguns meses tentando ser um casal. Qual era o obstáculo, Ele perguntou, mas Ela não soube o que responder; com o tempo, no entanto, Ele entendeu que foi a inibição dela e sua dificuldade para se entregar ao outro — para "perder o controle", Ele sentia a tentação de dizer — o que impediu que Ela e o fotógrafo dessem certo. E, no entanto, Ela acabou se entregando a Ele: não daquela vez, não durante a inauguração daquele estúdio que Ela tinha projetado, nem mesmo quando o pintor finalmente anunciou que a festa ia começar e alguém aumentou o volume da música para que todos começassem a dançar ou então fossem embora. Ela não dançava. Não havia dança na vida dela, disse a Ele. Ele também não dançava, e essa foi a primeira coisa que descobriram que tinham em comum: muito pouco e ao mesmo tempo o suficiente para estabelecer os alicerces de um "nós" que — em oposição a um "eles" que mudaria com o tempo e com as circunstâncias — constituiria a essência de seu relacionamento, como sempre acontece. Ela se "entregou" a Ele — era uma maneira de dizer, afirmou — algumas semanas depois daquele evento, numa noite em que, depois de jantarem juntos em um bistrô, Ela o acompanhou até seu apartamento e caiu na cama com Ele. "Caiu" era a expressão correta, Ele insistiu: realmente caiu, e o movimento descendente com que seus corpos caíam tornou-se algo eterno para Ele, como uma vez, pensou nesse momento, em que quase se afogou em uma praia no Brasil: a praia estava deserta, Ele tinha dezoito anos e saiu enquanto os amigos ainda estavam dormindo na casa que haviam alugado, o mar o arrastou para bem longe da praia sem que Ele percebesse; durante algum tempo, que pareceu uma eternidade, deu braçadas desesperadas para tentar voltar à superfície, cuja claridade via com nitidez através da água salgada, mas nunca conseguia alcançar; mais tarde, ali, com Ela, que desejava o prazer dele, breve mas intenso, e desejava também o próprio prazer, Ele sentiu perplexidade, lembrava, porque, ao associar os dois momentos, teve a impressão de que a ejaculação e o ar entrando nos pulmões eram a mesma coisa.

Uma vez, Ela se apaixonou por uma mulher que encontrara na Pinacoteca Antiga de Munique, como contaria a Ele tempos depois. Ela a viu dando gargalhadas diante de uma batalha de amazonas de Rubens que não tinha graça nenhuma, exceto a graça involuntária dos quadros do pintor flamengo — que, na língua alemã, empresta seu nome a um certo tipo de mulher rotunda, igual às que ele pintava —, e depois a seguiu até a escada. A mulher falava alemão com um forte sotaque francês; era de Limoges, de um povoado nos arredores de Tulle chamado Saint-Bonnet-Avalouze: seu marido tivera que voltar no dia anterior por razões de trabalho e ela ficara em Munique; era professora. Sob as luzes do café do museu, seu rosto tinha um aspecto doentio; no entanto, a mulher era de uma beleza que Ela nunca vira, dizia. Ela — foi o que assegurou a Ele, omitindo qualquer referência ao relacionamento com a companheira de quarto da universidade, anos antes — não se interessava por mulheres; a esposa de Limoges também não: passaram duas tardes no seu quarto de hotel, Ela lhe acariciando o cabelo e a mulher bebendo vinho e conversando com Ela: não se separaram porque nunca chegaram a estar juntas, mas se despediram, ambas compreenderam, para que não tivessem que se separar e para que seu amor não as destruísse; só tempos depois — e é por isso que Ela estava lhe contando tudo isso — Ela encontrou o esboço do retrato que fizera da mulher no museu, e descobriu que a mulher não estava usando um vestido comprido, como Ela se lembrava, e sim calça e camisa: como às vezes acontece, a constatação de que se enganara sobre esse detalhe — um detalhe banal, admitia, mas foi em torno dele que Ela estruturou suas memórias daquele encontro — a fez duvidar da veracidade de todas as outras lembranças, e não só dessa mulher e dos dois dias que passou com ela. A discrepância entre o documento e a memória, que percebeu pela primeira vez quando encontrou aquele esboço, de alguma maneira arruinava sua recordação, a invalidava; e a conclusão de tudo isso, dizia Ela, era o dever de jamais comparar nossas memórias com seus registros documentais, uma regra que teve consequências para o relacionamento deles, Ele disse a M. Não se lembrava se naquela noite no novo estúdio do pintor Ela estava ou não usando uma blusa de bolinhas, que viria a ser a favorita dele nos meses seguintes. Às vezes, Ele tinha a impressão de que seus esforços para entender e aceitar a separação — que o obrigavam a voltar a detalhes de sua história como esse — faziam com que parecesse um médico-legista, alguém que tenta fazer com que um cadáver "fale": talvez toda história de amor acabasse sendo uma investigação, ou melhor, uma autópsia. Ele nunca quis perguntar a Ela se naquela vez, no novo estúdio do pintor, estava usando ou não a blusa de bolinhas, e por essa razão pensava que, se tivesse a oportunidade, se algum dia voltasse a falar com Ela, seria a única coisa que lhe perguntaria.

Naquela noite, Ele anotou o número dela na palma da mão esquerda; quando chegou em casa, contudo, o número tinha sumido por causa do suor e da fricção involuntária, e Ele precisou ligar para o pintor no dia seguinte, usando algum pretexto, para pedir o número dela. Nunca contou isso a Ela, e o pintor, por algum motivo que Ele ignorava, guardou seu segredo.

2

Ela passou o Natal com os pais, aguentando estoicamente a intimidade fingida e o entusiasmo irracional das datas festivas, que ano após ano cobria a cidade como um manto e a tornava inabitável. Não viu seu chefe no escritório nem uma vez sequer durante essas semanas — ele estava em uma ex-república soviética cujo nome ninguém se lembrava, disseram —, e isso a fez sentir-se menos envergonhada com o que acontecera no jantar. Uma tarde, quando tentava inutilmente atravessar a Puerta del Sol — sua mãe insistira em comprar linhas para tricô num armarinho em Pontejos, provavelmente porque não sabia nada a respeito das multidões que se espalhavam pela região e que nessa época do ano sempre misturavam turistas e nativos com chapéus de caubói e tiaras luminosas, policiais de plantão e idosos que faziam compras de Natal nas ruas Preciados e Carretas —, alguém roubou seu celular: não se deu conta quando aconteceu, não deu queixa na polícia e só se resignou com a perda de todas as suas informações alguns dias depois, quando comprou um aparelho novo. Tinha uma passagem para Brasília e a proximidade da viagem tornou menos difícil esse período, em que os pais voltaram a se instalar em sua vida com a leveza e a irresponsabilidade de um par de ditadores.

Algum tempo atrás, F. começara a fazer comentários sobre o cabelo dela, que continuava exatamente o mesmo desde a separação. Não era por descaso, Ela esclarecia — o que F. achava mentira, é claro —, e sim por falta de um tempo que, não sabia como, escorria pelas mãos; depois de alguns dias, F. já não precisava nem mencionar o assunto: quando passava por Ela, bastava segurar com dois dedos o rabo de cavalo, que Ela fazia com um elástico na altura das orelhas, para que sua insistência ficasse clara. Uma manhã, foi F. quem apareceu no trabalho com um novo corte de cabelo, e Ela sentiu a pontada do desejo e uma ligeira inveja. O cabeleireiro que F. frequentava tinha um nome deliberadamente irônico e lá trabalhava um ou uma travesti negra muito alta e outros personagens singulares que Ela desistiu de tentar dividir em "homens" e "mulheres" enquanto o ou a travesti negra lavava seu cabelo: tudo no lugar tendia à androginia e à estridência e transformava a feiura deliberada das instalações em uma espécie de mensagem. Era uma mensagem que Ela conseguia entender, pensava; mas, quando percebeu que esquecera as canetinhas coloridas no escritório, compreendeu que não poderia "traduzir" a mensagem em sua língua visual e particular, a língua dos desenhos que fazia o tempo todo. F. — que a levara até lá — parecia indiferente à presença dela, no entanto, ocupada em escrever no celular: quando a sentaram a seu lado em um sofá de cor púrpura, à espera de que algum dos cabeleireiros ficasse disponível, Ela perguntou como iam as coisas. Os polegares de F. pararam de percorrer a tela, mas a jovem só levantou a vista do celular para responder que não sabia, o que era — é claro — uma forma de dizer que sabia, mas preferia não falar disso.

Ela nunca foi boa em escutar nem em fazer confidências; algo nela — talvez a falta de interesse em falar sobre si mesma ou em saber da vida dos outros — fazia com que as pessoas ao seu redor não contassem seus segredos, mas esse traço de personalidade a tornava, paradoxalmente, a pessoa mais apropriada para esse fim. E F. sabia disso, é claro. Começou a contar que tinha acontecido um problema no que chamava de "combinado" com o namorado: já fazia algum tempo, ele vinha saindo com uma mulher um pouco mais velha que trabalhava em uma revista; se encontravam para transar no apartamento dela, em algum lugar no norte da cidade, às vezes mais de uma vez por dia, F. sabia de tudo. Então qual era o problema, Ela perguntou, e F. desviou o olhar, como se o que viesse a seguir em seu relato fosse de uma claridade ofuscante. "Ele diz que está apaixonado por ela", respondeu, por fim. "Não pôde evitar, ou não quis evitar: dá no mesmo", F. deu de ombros. Nenhum dos dois previu que isso aconteceria e não havia nada que pudessem fazer a respeito. Mas ele fez uma proposta: perguntou se F. topava que ele dividisse o tempo entre ela e a mulher da revista; ele podia — sugeriu — passar metade da semana na casa dela e a outra metade no apartamento dele, com F.; ou podiam morar os três juntos, se a mulher da revista preferisse assim: qualquer solução era possível se F. estivesse de acordo, disse. E ela estava de acordo? Ela não conseguiu formular a pergunta porque o ou a travesti negra a pegou pela mão e mandou que a seguisse: um dos cabeleireiros tinha finalmente ficado disponível.

Antes de conseguir entender o que estava acontecendo, seu cabelo se transformou em uma assimetria que tapava parcialmente o rosto; ainda não tinham terminado, mas F. foi até Ela e disse que precisava ir embora: o namorado mandara uma mensagem dizendo que estava em casa. Ela não soube o que responder: ao longo de sua vida adulta, adquirira a certeza de que a atração por outra pessoa e o desejo de que ela nos pertença são inseparáveis, mas não descartava completamente a possibilidade de que uma nova geração, um pouco mais razoável, conseguisse estabelecer novas formas de convivência com base em princípios diferentes. Volta e meia, Ela se deparava com pessoas que tentavam imaginar novas maneiras de interação amorosa, reafirmando — na prática — a presunção de que a ideia do amor romântico não se ajusta à realidade de sua materialização, e que era esse desajuste entre as expectativas e a realidade o que faz com que as pessoas escrevam romances e canções de amor. (É por causa disso, inclusive, que obviamente todas as canções de amor que valem a pena são canções tristes, pensava.) Mas Ela sabia que cada nova forma de relacionamento concebida para superar a ideia do amor romântico traz consigo uma ou várias barreiras que acabam substituindo as anteriores, criadas pelo vínculo entre desejo e propriedade. Durante muito tempo, Ela olhara em uma só direção, por assim dizer: a separação ainda doía, mas Ela se sentia feliz por ter tido coragem de se separar, mesmo que fosse com uma mentira que logo desmentiu, complicando tudo. Desde então, começou a observar o que estava à sua volta, e o que via era o surgimento de novas formas de interesse romântico e, ao mesmo tempo, de novas barreiras para sua realização, a maioria delas relacionada à impossibilidade de definir o consentimento e de subtrair da experiência amorosa, como se fosse possível, seu componente aleatório. Ao seu redor — no metrô, por exemplo, enquanto voltava ao apartamento com um corte de cabelo picassiano e pensando em F. —, Ela via pessoas que tentavam fazer isso o tempo todo, muitas delas jogando no celular o jogo de selecionar e descartar com que matavam o tempo à espera de uma chance ou algo parecido; elas faziam escolhas em alguns segundos, a partir da ínfima informação oferecida por uma fotografia e uma ou duas linhas. Como podia dar certo?, Ela pensava. Nem mesmo a transformação do casal em um conjunto de elementos variáveis, como no caso de F., resolve os problemas inerentes à forma como as pessoas se amam e se possuem, sem alternativas. Vários séculos de produção artística revelavam que a experiência amorosa podia ser transformada em matéria poética, mas a realidade dessa experiência continua sendo prosaica: um manual de instruções em que todas as indicações estão erradas, um jogo de palavras cruzadas criado por um estúpido e preenchido por um idiota. Ela tinha uma cicatriz na testa, resquício de um acidente infantil sem importância, e o novo corte de cabelo deixava a cicatriz à mostra; de perto, as feridas das pessoas podem ser vistas com clareza, mas também podem ser vistas de longe se prestarmos atenção suficiente. Ela teria que se acostumar a viver com a ferida à vista de todos, pensou.

3

M. manteve durante alguns anos um diário em que anotava seus encontros sexuais, contou a Ele. Começou quando tinha dezessete anos, para pôr os pensamentos em ordem, mas também, admitia, para o caso de algum dia se cansar do sexo ou se de repente ele se tornasse escasso: imaginava que, quando ficasse mais velha, gostaria de revisitar as experiências da juventude, que, vistas com certa distância, se mostrariam de enorme importância para a compreensão de sua personalidade e das decisões tomadas ao longo da vida; tudo isso, contudo, agora parecia meio irrelevante, nada que explicasse nada. Estavam jantando em um restaurante embaixo do apartamento dele e Ele falara do consolo de vidro de Mark Sturkenboom, que podia ser preenchido com as cinzas do amante morto; nenhum dos dois sabia se o volume das cinzas, produzidas pela cremação do cadáver de um adulto, era maior que o tamanho habitual de um consolo — o termo era horrível, concordaram —, ou se o consolo era desproporcionalmente grande e só tinha função decorativa. Mas o que M. sabia, contudo, é que o tamanho do pênis e a altura de uma pessoa guardavam entre si uma proporção de um para zero vírgula zero oitenta e três: ela também fazia suas pesquisas. No livro que lera sobre o assunto — e que tirou da bolsa em meio a uma pilha de manuscritos, todos repletos de rasuras, e passou a Ele por entre as taças e os pratos da sobremesa, pode ser útil pra você, disse — ficava claro, se é que era necessário, que não há muitas razões para a obsessão dos homens por seu membro, não importa qual for o tamanho: o pênis da lesma da banana (ou *Ariolimax*) duplica a longitude de seu proprietário, o que pode parecer, e é, difícil de imaginar, mas transforma a lesma numa espécie de fantasia masculina, no motivo indiscutível de uma futura bandeira ou brasão de armas para a masculinidade deprimida de alguns homens. Embora a lesma da banana fosse um gastrópode bastante útil para dirimir certas discussões, M. se sentia mais atraída, e se identificava mais, com a formiga-rainha, que também era mencionada no livro: no momento em que atinge a maturidade sexual, a formiga-rainha acasala com até quarenta machos em um só dia, mas nunca mais volta a fazer isso, pois já tem esperma suficiente para produzir ovos durante o resto de sua existência, e a natureza, como sabemos, costuma ser prática e também um pouco irônica.

A história da formiga-rainha e sua breve mas intensíssima vida sexual fez com que M. se lembrasse de seu diário de juventude, com o qual guardava notáveis semelhanças, disse. Ao relê-lo depois de muitos anos, ela teve a impressão de que era um inventário de oportunidades perdidas, uma contabilidade que começava relativamente mal — M. citou de memória a primeira anotação: "Primeira vez. Doeu um pouco. *One-night stand*. Pedro, Cádiz. Minutos" — e só melhorava mais tarde porque tendia a uma maior economia de meios: data, nome e observações. Nunca mostrara o diário a nenhum dos amantes — nem aos namorados, é claro —, o que significava que o tema não era tão banal para ela como podia parecer, mas voltara a pensar nele e decidiu que algum dia o mostraria a Ele, porque era o tipo de coisa em que Ele achava graça. Ela não chegou a ser uma formiga-rainha, naturalmente, mas sua vida sexual poderia interessar a um entomólogo como Ele, desde que levasse em conta certas considerações prévias: o diário estava incompleto — ela o deixou de lado pouco depois de fazer vinte e cinco anos, quando passou a ter relações mais duradouras e mais profundas, e também começou a trabalhar — e, além disso, não tinha muitos detalhes: como às vezes não se lembrava do nome dos parceiros, escrevia no diário "H" se fosse um homem e "M" se fosse uma mulher, o que fazia com que tudo parecesse uma espécie de taquigrafia: "H em um bar. Com M primeiro e depois H, mais tarde H. Trocamos telefones. Bar em Corredera Alta. Spandau Ballet, surpreendentemente. Roxy Music". Coisas assim.

Ele ainda sentia desejo por Ela, mas não era um desejo sexual, e sim de intimidade e companhia, uma espécie de melancolia pungente que o lembrava constantemente que sua trajetória como parte de um casal fora interrompida e que sua vida — enquanto narrativa — fora interrompida também. Como todo mundo, os dois precisavam de testemunhas porque eram aquilo que se dizia deles e o que viam de si mesmos no outro: sem o outro — e sem o espelho que um segurara diante do outro durante os cinco anos anteriores — só havia um vazio, que não era apenas amoroso. Por alguma razão, e como sempre acontece, Ele não conseguia se lembrar de certos episódios desse período: cada vez que tentava fazer isso — para lembrar, por exemplo, de algum incidente infeliz entre os dois que justificasse ou tornasse mais fácil a separação — acabava vislumbrando algo parecido com uma bruma, uma espécie de paisagem onde as coisas que aconteceram se misturavam com as coisas que poderiam ter acontecido e talvez tivessem acontecido, sem que Ele conseguisse se lembrar delas com clareza. Com Ela devia acontecer o mesmo, pensava. No entanto, Ela não atendia mais suas chamadas, não disse para onde ia, não respondia seus e-mails: Ela havia criado entre os dois as maiores distâncias que podiam ser impostas nesse momento histórico em que a separação entre duas pessoas já não se dava necessariamente no âmbito físico, e sim no da atenção, por assim dizer. Nunca houve antes tantas possibilidades de negar a existência do outro sob o eufemismo de bloqueá-lo, pensava Ele; em nenhum outro período da história foi possível fazer desaparecer uma pessoa até esse grau sem ter que recorrer ao assassinato e à destruição de sua imagem, que — por outro lado — continuavam sendo os modos mais comuns de fazer isso em lugares menos privilegiados do mundo: quando uma pessoa descobria que o outro exercera contra ela seu direito a essa forma de supressão, ficava devastada de muitas maneiras, inclusive pela impossibilidade de protestar ou de pedir explicações. Que o outro também se anulasse ao bloquear seu interlocutor não era consolo suficiente para quem era bloqueado, nem aliviava sua moral machucada. M. publicara vários livros sobre o assunto: seus autores eram muitas vezes chamados de catastrofistas — um deles era considerado também o inventor das novas realidades virtuais —, mas Ele achava que nem os mais dispostos a se alarmar conseguiam compreender a dimensão adquirida pela absoluta acessibilidade ao outro e por sua anulação absoluta. Não havia nem mesmo palavras adequadas — ou Ele não as conhecia — para denominar as distâncias que as pessoas haviam começado a impor entre si mais ou menos com frequência, embora também nunca tivessem existido palavras para dar conta das formas como as pessoas entravam na vida dos outros; da forma, por exemplo, como M. havia entrado em sua vida, o que só aguardava alguma espécie de confirmação.

Durante essas semanas, Ele ligou duas vezes para os poucos parentes nos dias de Natal e Ano-Novo; era uma frequência relativamente incomum nas comunicações com a família, em que o desapego fora primeiro uma estratégia de sobrevivência e mais tarde se tornara uma forma de gentileza. Os telefonemas eram curtos e o tema principal era o clima: quando os parentes falavam do calor que fazia em seu país naquela época, Ele escapava por alguns minutos do ambiente invernal, tristemente festivo, dos dias em Madri, que convidava a uma introspecção — e ao consumo de certos derivados da gordura de porco — da qual Ele tentava escapar como de qualquer outro fenômeno de histeria coletiva. Ela e Ele nunca celebravam o Natal, embora mantivessem alguns rituais cuja existência era anterior à relação: as viagens que Ela fazia para o norte do país para estar com a família durante essa época, os telefonemas dele, cujo assunto era o calor que fazia do outro lado da linha, a fuga em filmes e livros deliberadamente pouco natalinos, que Ele reservava para essas semanas em que ficava em casa e podia contemplar a euforia nas ruas — incluindo uma absurda multidão no centro da cidade na última noite do ano, transmitida pela televisão em um exercício de desinformação e anacronismo — com a tranquilidade — a essa altura, evidentemente enganosa — de que Ela voltaria depois de alguns dias.

M. viajou para o sul do país e Ele teve pela primeira vez a impressão de que ela havia ocupado seu tempo e capturado sua atenção de tantas maneiras diferentes que a ausência dela constituía uma espécie de vazio, como se fosse uma outra perda. Um dia, recebeu um cartão-postal dela: de um lado havia a imagem de um rapaz com um coração tatuado no braço; do outro, M. escrevera: "O coração das mulheres bate mais rápido que o dos homens". Pouco depois, Ele confirmou que era verdade: em condições normais, cerca de oitenta batimentos por minuto contra setenta e um do coração do homem.

4

Uma das impressões mais intensas que Ela teve no primeiro dia foi a de que Brasília ainda não tinha sido terminada: a vegetação continuava crescendo altiva em qualquer pedaço de terra avermelhada que estivesse disponível entre os prédios, os edifícios governamentais se alinhavam nos dois lados do Eixo Monumental como se ainda não tivessem sido ocupados, o perfil da cidade — que Ela pôde observar bem enquanto o avião descia em direção ao aeroporto — parecia um esboço, feito a mão livre, de uma metrópole inverossímil; por trás da Praça dos Três Poderes, o Bosque dos Constituintes e as construções que abrigava pareciam que ainda estavam em obras. Ela lera bastante sobre a cidade durante a faculdade, mas nada a preparara para o encontro com Brasília e com algo que não aparecia nos textos: a imensidão esmagadora do céu do Planalto, que desabou sobre Ela assim que começou a andar pela cidade; era — pensou — um céu ameaçador, uma imensa lousa que se apoiava no horizonte e se precipitava sobre os edifícios e os carros e as pouquíssimas pessoas que circulavam entre eles, como uma espécie de condenação: se alguém algum dia escrevesse nessa lousa, seria para deixar uma mensagem aterradora, uma advertência à espécie humana pela forma como, desde seus primórdios, produzia simultaneamente horror e beleza. Talvez fosse esse tipo de pensamento — que Ela não costumava ter — que tivesse levado as autoridades a escolher esse planalto no centro do país como local da futura capital:

como acontece com frequência — mas pouquíssimas vezes se pode ver com tanta clareza —, o ideal de uma racionalidade absoluta na organização do espaço tinha um fundo profundamente religioso, irracional; a cidade estava repleta de símbolos desse tipo, desde a catedral de Oscar Niemeyer, com o longo corredor parcialmente subterrâneo que leva ao seu interior e à promessa de um regresso inócuo ao ventre materno, até o traçado original em forma de cruz, que Ela poderia ter achado parecido com a silhueta de uma ave. Uma vez — talvez em Bath, não tinha certeza —, Ela vira uma gaivota comendo os restos de outra gaivota atropelada e, desde então, desenvolvera uma aversão profunda por pássaros. Brasília poderia ter sido, nesse sentido, uma cidade amaldiçoada de antemão, devido a suas pretensões avícolas e a um excesso de simbologia; por essa razão, Ela já convencera a si mesma, tempos atrás, de que a silhueta da cidade não parecia a de um pássaro, e sim a de um acidente aéreo, de um avião que se esborrachou no chão quando estava perto de encontrar um porto seguro — ou pelo menos de atenuar os efeitos da queda — no lago perto dali.

As vozes dos vendedores espalhados entre a catedral e a praça do Museu Nacional da República — "água, água, água", repetiam — pareciam desesperadas, como se estivessem pedindo e não oferecendo, como se fossem eles que estivessem com sede. Ao comprar uma garrafa d'água de um deles, Ela perguntou a que horas o museu fechava, mas o vendedor deu de ombros, como se estivesse ali há um tempo incalculável e fosse permanecer naquele lugar até a morte. O que é esse edifício ali no outro lado da praça?, Ela perguntou, apontando a Biblioteca Nacional: seu português não era muito bom, mas havia algumas horas sentia uma vontade profunda de conversar com alguém. O vendedor, contudo, novamente deu de ombros. Brasília — e Ela achava isso o mais admirável de tudo — confirmava e ao mesmo tempo desmentia a ideia que motivara sua criação e a justificava, de que uma cidade planejada racionalmente tornaria racionais os seus habitantes. Será que ele podia pelo menos mostrar como chegar à Torre de Televisão?, Ela insistiu, gesticulando em direção ao oeste, onde a torre se erguia entre as árvores e os edifícios. O homem sorriu, mostrando alguns poucos dentes estragados; em seguida, apontou para o Congresso Nacional, cujos edifícios desenhavam uma espécie de escrita taquigráfica na paisagem, em direção completamente oposta à que Ela indicara. A água tinha um sabor metálico e uma consistência viscosa, como a do suor. Ela não tinha nenhuma razão para ir na direção que o vendedor estava apontando, mas foi obediente e fingiu que seguia as indicações até que o perdeu de vista, e para retornar ao hotel teve que dar uma volta imensa, que só terminou quando o sol já tinha se posto.

Alguém lhe dissera uma vez que nas cidades que estão perto de alguma grande massa de água os sonhos são mais vívidos. Não sabia se era verdade — embora tivesse uma lembrança fortíssima dos pesadelos que a invadiram quando visitou a Cidade do México, que fica em cima de um lago —, mas isso explicava por que em Madri não costumava sonhar, algo que Ele achou espantoso no começo do namoro, quando já haviam começado a dormir juntos. Ela não conseguia ver o lago da janela do seu quarto de hotel, mas sentia de algum modo a presença da água, e sonhou algo que imediatamente esqueceu; apesar disso, a lembrança de ter sonhado, mesmo sem saber o conteúdo do sonho, a acompanhou durante as primeiras horas do dia seguinte, como uma constatação.

Nos últimos meses do relacionamento com Ele, Ela visitou algumas cidades espanholas onde nunca estivera até então, ou às quais não dera atenção suficiente; eram excursões de campo, geralmente breves, prospecções pessoais que com frequência a levavam a dirigir pela periferia dessas cidades com um misto de espanto e terror diante da feiura irremediável dos subúrbios. Enquanto dirigia — às vezes conversando com o carro, tinha que admitir —, Ela se perdia em pensamentos, que normalmente giravam em torno da pergunta de que tipo de arquitetura poderia se contrapor a essa, que formas de habitar poderiam surgir desses lugares em que habitar nem sequer parecia possível. Mas o principal objetivo das viagens era, sobretudo, provocar-lhe uma emoção, que a invadia quando caía o sol, muitas vezes sem aviso prévio e sem nenhuma razão imediata: Ela sentia, furiosa e desesperadamente, saudades de estar com Ele. Era uma sensação que conhecia desde que começara a viajar sozinha, no começo da juventude, e que era anterior aos seus relacionamentos, que não a excluíam: a saudade de casa numa cidade estrangeira não era resultado de nenhuma dependência — como alguém poderia pensar; até Ela mesma, em outras circunstâncias —, e sim outro aspecto de sua autonomia, da liberdade de viajar sozinha. Durante esse período, o relacionamento se beneficiara dessa saudade, que Ela buscava para assim reafirmar, mais uma vez, o desejo por Ele e pelo que ambos possuíam: pelo amor que tinham, digamos; Ela conseguira instrumentalizar essa saudade — que talvez Ele também sentisse quando Ela estava ausente, embora nunca tenha admitido —, exceto quando, evidentemente, nem mesmo essas viagens nem o desejo por Ele que as viagens provocavam conseguiram mais prolongar a ilusão de um presente sem futuro, na qual se apoiava a relação; uma ilusão que, na verdade, era praticamente a relação inteira já fazia algum tempo.

Um sinal de identificação aproximou-os quando se encontraram diante do espelho d'água de Roberto Burle Marx na 308: os dois tinham o mesmo guia de viagem, o dele num idioma que Ela não conseguiu decifrar à distância. Mais uma vez, Ela experimentava a saudade que o crepúsculo sempre lhe provocava quando estava em uma cidade estrangeira; dessa vez, uma saudade que não tinha objeto. Em Brasília, escurecia cedo e de repente, e a cidade se esvaziava com rapidez. Enquanto Ela se dirigia ao ponto de táxi, teve a impressão de vê-lo caminhar em direção à Banca da Conceição, mas alguns minutos depois esbarrou novamente com ele quando entrava na banca de jornais da 108 Sul: ao atravessar o portal que protegia a banca, formado pela união de duas figueiras gigantescas, ele veio falar com Ela, e Ela se sentiu pela primeira vez autorizada a olhar para o rosto dele, que lhe pareceu — sem que pudesse explicar bem por quê — diáfano, um rosto de homem jovem que a interrogava de um território que ia muito além do que Ela achava possível. Sorria para Ela, e Ela precisou pedir para ele repetir a pergunta: ele perguntou se podia dividir com Ela o único táxi disponível. Tinha um sotaque inglês que Ela associou ao norte da Inglaterra, a algum lugar ao norte de Manchester, que era para Ela o norte do norte do país: um lugar inverossímil. Quando entraram no carro, hesitaram por um instante, em silêncio: não sabiam aonde ir primeiro, mas Ela acabou falando com o motorista e deu-lhe o endereço de seu hotel. Ele elogiou o português dela de modo elíptico e um tanto cético, que era o jeito de falar mais comum em seu país, e em seguida apertaram as mãos: seu nome era J., ele disse.

Como muitas outras mulheres, Ela tinha sido educada para se perguntar como seria vista por homens como J. e como deveria agir para não decepcioná-los; ao longo de sua vida, e com enorme dificuldade, Ela conseguira se libertar, pelo menos parcialmente, das consequências dessa educação, que acabou ressurgindo de alguma forma, contudo, quando Ela se pegou pensando se J. se sentia atraído por Ela em vez de se perguntar se Ela o achava atraente. Enquanto interrogavam um ao outro — quando haviam chegado a Brasília, de onde vinham, quanto tempo ficariam na cidade, o que era fácil de resumir: havia dois dias e havia um dia; de Madri e de Middlesbrough; cinco e quatro dias —, as palavras que diziam ficavam de certo modo em segundo plano, e Ela se lembrou, de repente e de forma muito nítida, que uma vez ouvira que alguns anabatistas, como os menonitas, se recusam a usar meios de transporte modernos porque acreditam que quando os corpos se deslocam rápido demais acabam deixando para trás as almas, que são mais lentas ou, simplesmente, mais preguiçosas. J. estava falando sobre a cidade quando Ela o interrompeu para contar isso; essa indelicadeza surpreendeu a ambos, e Ela estava quase se desculpando quando J. soltou uma gargalhada estrondosa. Duvidava que essa história fosse verdadeira, afirmou, embora gostasse da ideia de alguém fundar uma religião baseada na premissa de incompetência de um deus suplantado pelos meios de transporte modernos. Onde será que suas almas estavam enquanto eles passeavam em Brasília?, ele perguntou; a risada criou entre os dois uma espécie de intimidade, uma mudança sutil na temperatura dentro do táxi. J. começou a falar sobre os edifícios que apareciam pelo caminho; já haviam passado pelo Banco de Brasília e ele fazia uma descrição exaustiva do edifício e de seus elementos mais característicos — que convergiam, com certeza, para um futuro possível que nunca aconteceu nem aconteceria — quando Ela identificou nas palavras dele o uso de um jargão comum e um olhar que trazia consigo uma forma de classificar o mundo e de pô-lo em palavras que soava familiar, porque era a mesma que a dela. "*You are an architect, aren't you?*", Ela o interrompeu de novo. J. disse que sim e logo se desculpou: esquecera de perguntar a profissão dela. Ela soltou uma gargalhada e, pela primeira vez desde que o encontrara, sentiu a iminência de uma situação em que não perderia o controle, a não ser que quisesse: um relaxamento dos membros que a deixava predisposta a experiências incomuns. "*Me too*", respondeu, e essa afinidade os aproximou ainda mais, antes de o táxi parar na recepção do hotel dela, onde todas as luzes estavam acesas como em uma pista de aterrissagem. Enquanto o taxista assistia entediado às vãs tentativas dela de pagar a corrida, Ela sentiu que, por cima da saudade de casa naquela cidade estrangeira, se sedimentava um desejo de companhia, que só o pudor a impediu de chamar de outro nome; e também uma curiosidade pelo outro que poucas vezes sentia, talvez como uma forma de se proteger, já que conhecer o outro era inevitavelmente se apropriar de sua história, se o outro quisesse contá-la. J. tinha olhos claros e mãos que pareciam grandes demais para sua estatura, que era semelhante à dela; usava uma camisa xadrez que, nele, ficava parecendo uma fantasia, e Ela ficou especulando sobre como ele se vestia diariamente, que tipo de infância teve, onde teria ido parar uma educação que, se não tivesse sido muito diferente da dela, provavelmente também teve como objetivo ensiná-lo a agradar aos outros, no caso dele, às mulheres. Será que ele também tinha conseguido se livrar da educação que recebera? Tinha um desejo intenso de saber, que a deixou confusa e a fez perguntar se ele queria jantar com Ela. J. pareceu ter sido pego de surpresa — ou então fingiu isso para não dar a impressão de que estava interessado nela, Ela pensou — e avaliou a ideia durante alguns instantes; era como se alguma coisa o prendesse em outro lugar, algum tipo de compromisso, Ela pensou. Mas nos dias seguintes não o viu telefonar para cancelar nenhum compromisso, não o viu pedir desculpas a ninguém nem oferecer explicação alguma. J. disse que sim, adoraria jantar com Ela, e em seguida fez menção de dar a volta no carro para abrir a porta para Ela, mas parou no meio do caminho, inseguro sobre o caráter forçado dessa gentileza e sobre como poderia ser interpretada; quando Ela se virou, enquanto saía do carro depois de abrir a porta Ela mesma, teve a impressão de que os faróis do táxi ofuscavam J. como uma lebre no meio da estrada.

J. nascera em um pequeno povoado em North Yorkshire para onde os pais haviam se mudado em meados da década de 1970; largaram a faculdade devido a uma intoxicação de J. A. Baker e de discos do Fairport Convention e se juntaram a uma comuna cujos membros experimentavam formas de produção sustentável de alimentos pela primeira vez naquela região: quarenta anos depois, seus pais eram os únicos que ainda continuavam em Burned House, comandando uma dúzia de trabalhadores poloneses que cuidavam das plantações; vendiam produtos para toda a Europa e desejavam secretamente que J. assumisse a fazenda quando eles se aposentassem, o que jamais aconteceria. J. tinha um jeito de falar de si mesmo que não soava irritante nem pretensioso, pelo contrário: era um convite para que seu interlocutor também falasse de si mesmo, movido por uma obrigação de reciprocidade ou por outra razão qualquer; ele baixava os olhos enquanto falava, devido a uma timidez que Ela achou ligeiramente incômoda até que chegaram os pratos que haviam pedido e a conversa começou a fluir: ele trabalhava no departamento de habitação de Middlesbrough, para o qual havia projetado vários blocos de moradias sociais nos subúrbios. J. tinha fotografias no celular, que mostrou assim que Ela pediu: eram apartamentos amplos e luminosos em edifícios cujas fachadas, assim como as áreas comuns, eram pintadas com cores alegres; espaços em que a vida exterior das pessoas podia conviver com sua vida interior, estimulada por meio de um convite à introspecção e à reflexão; Ela se surpreendeu com a maturidade revelada naquele projeto, que lhe pareceu ainda mais singular quando J. disse quantos anos tinha. No dia seguinte, ao se lembrar dos acontecimentos daquela noite, Ela chegaria à conclusão de que esse fora seu primeiro encontro desde a separação e que havia transcorrido excepcionalmente bem, dadas as circunstâncias. Tinha ouvido muitas vezes relatos de encontros das amigas solteiras, situações incômodas ou simplesmente humilhantes em que elas se sentiam manipuladas, excessivamente escutadas ou não escutadas de forma alguma, convertidas em uma solução provisória ou desprezadas abertamente. Em geral, o sexo que acontecia após cada encontro desses — quando acontecia — era pior ainda, e tanto E. como Bg. — e até D. e F., cuja situação e personalidade eram completamente diferentes — tinham várias histórias a respeito, que podiam ser interpretadas tanto como uma constatação quanto como uma advertência.

Enquanto jantava com J. no restaurante de seu hotel, contudo, Ela não pensou em momento algum que estava tendo um encontro. Depois de mostrar fotografias das casas que tinha projetado, J. indagou sobre os projetos dela e Ela mencionou alguns, que ele rapidamente procurou na internet; quando os encontrou, sentou-se ao seu lado para que Ela comentasse as imagens; a intimidade que surgira entre eles se multiplicou com a proximidade física, e transformou-se subitamente em uma espécie de gravidade que os atraía enquanto olhavam as fotografias, um ao lado do outro. Por um momento, Ela pensou que J. ia beijá-la, mas ele não a beijou; depois de terminarem a garrafa de vinho e de terem os pratos retirados, pensou que quem iria beijá-lo era Ela, e assim fez; sentiu uma espécie de euforia quando ele, depois de um breve instante de algo que pareceu surpresa — mas em que se deixou beijar sem opor resistência, por alguma razão —, começou por sua vez a beijá-la, suavemente, mas com firmeza.

Que conclusão se pode tirar do fato de que as palavras sempre cessam quando o sexo entra em cena?, Ela se perguntou tempos depois. Nenhum dos dois disse nada enquanto esperavam a conta, subiram de elevador até o décimo sétimo andar do hotel, caminharam até o quarto através de um corredor luminoso e asséptico. Nem sequer se deram as mãos. Ela abriu a porta de seu quarto e J. a beijou antes que Ela o empurrasse suavemente em cima da cama; tirou a camiseta e montou em cima dele, beijou-o enquanto tirava o sutiã e em seguida ele agarrou seus peitos, Ela se inclinou de novo sobre ele para pegá-lo pelo pescoço; houve um instante em que ambos hesitaram, e depois não hesitaram mais.

5

Alguns minutos depois de terminar, quando voltou do banheiro e se deitou ao lado dele, ela admitiu que no começo estava nervosa, e Ele se sentiu à vontade para reconhecer que sentira o mesmo. Enquanto tiravam as fotografias, ela contou que os pais de sua mãe — que ela chegou a conhecer, surpreendentemente — haviam sido prometidos um ao outro por seus progenitores quando ambos tinham quatro anos de idade, em 1939. Nunca falaram de amor, disse a mãe; chamavam-se mutuamente de "camarada" sem nenhum traço de ironia, e seu pai pedira a mão da filha deles dizendo que queria se casar com ela para contribuir para a China comunista, o que estabelecia um vínculo entre as gerações que poderíamos olhar com pena, mas também com um pouco de nostalgia. Seus pais moravam nessa época em apartamentos de estudantes, em blocos separados por sexo, e continuaram morando lá até receberem permissão das autoridades para se casarem; antes da noite de núpcias — à qual chegaram sem saber quase nada, é claro —, nunca haviam estado a sós e, de certo modo, nunca mais estariam, já que haviam se casado por causa do Partido e com sua aprovação, o que sempre o deixava acima e entre os casados. A jovem passara seu primeiro ano fora da China estudando no Reino Unido: ia ao karaokê com colegas de faculdade que tinham a mesma nacionalidade que ela, assistia telenovelas chinesas no celular, via a chuva caindo sobre Londres da janela de um apartamento minúsculo em Peckham. Levou meses até que deixasse de se espantar quando via na rua algum casal de mãos dadas.

Ela não quis que Ele a penetrasse e não tirou o sutiã, e Ele, que no começo ficara surpreso — que ela tivesse conseguido seu número de celular e telefonado para pedir que Ele fizesse mais algumas fotografias para os seus pais, que depois das fotografias a jovem chinesa o beijasse e o levasse até seu quarto —, agora percebia que a jovem estava falando era de sua falta de experiência nesses assuntos, de um vazio que pairava sobre sua cultura e sobre ela mesma como uma nuvem de tempestade. O que seus pais acharam de você vir para Madri, Ele perguntou; a jovem chinesa deu de ombros enquanto se vestia: a penugem escura que cobria seu monte de vênus, e que um momento atrás parecia brilhar e provocava uma sinestesia pelo contraste com a pele clara dela, desapareceu dentro da calça e Ele sentiu imediatamente uma sensação dolorosa de nostalgia e de desejo. Seus pais colocavam anúncios nos jornais em busca de um namorado para ela desde antes de sua viagem ao exterior; só insinuaram que deixariam de fazer isso quando ela contou que já tinha namorado, e só interromperam de fato a publicação quando mostrou as fotografias com Ele e fizeram a videoconferência. Em seu país, na idade dela — ela pensou em voz alta, revelando na voz um cansaço que delatava sua verdadeira idade, que Ele ignorava —, uma mulher era considerada praticamente uma solteirona, uma desgraça para a família, um mau negócio para os pais, uma vergonha para os parentes; também era uma pessoa desprotegida, indefesa diante dos homens à sua volta, exceto por sua capacidade de dissimulação e camuflagem. Estava pensando em voltar a Londres, disse; o clima era horrível, mas a comunidade chinesa era maior e, portanto, oferecia mais possibilidades, inclusive de encontrar um marido que os pais aceitassem. Como muitas outras mulheres antes dela, a jovem chinesa precisava fazer esse tipo de concessão para não ser submetida a obrigações maiores e mais dolorosas; a escolha dela — Ele pensou — era uma escolha ditada pela ausência absoluta da capacidade de escolher, que alguns consideram própria de culturas distantes no tempo e no espaço e que, no entanto — e isso Ele sabia bem —, também afeta as mulheres das classes baixas que Ele conhecera, tanto em seu país de origem como na Espanha e em outros lugares: elas estão submetidas a uma opressão que não é cultural, e sim econômica; mas é claro que, nas últimas décadas, a economia havia se transformado em cultura, a única que prosperava onde todo o resto se deteriorava e desaparecia.

O que será que a jovem chinesa estava pensando?, Ele se perguntou. Por que tinha ido para a cama com Ele? Muitas vezes — especialmente durante a adolescência — Ele desperdiçara várias de suas chances com as mulheres porque era habilidoso demais com as palavras; bastava abrir a boca para falar, e o fato de que possuía um corpo e que esse corpo podia ser desejado — e ainda por cima, de que esse corpo também desejava, um desejo que não se satisfazia só com a intimidade e a troca de ideias — acabava se afogando no fluxo das palavras. A jovem chinesa parecia saber disso de forma intuitiva, porque não puxou conversa nem deixou que Ele racionalizasse seu impulso; despertou seu desejo e, em seguida, se aproveitou dele com uma voracidade e uma urgência que em geral são associadas ao desejo masculino, mas que Ele não se lembrava de ter manifestado algum dia, exceto durante sua formação sentimental, e de maneira tão desastrada que algumas mulheres nem perceberam. A jovem chinesa tomou a iniciativa; serviu-se dele como se o corpo dele — ou melhor, os corpos dos dois, confundindo-se — fosse uma mesa posta no quarto esquecido de uma casa enorme, uma dessas casas com longos corredores e portas que ninguém abre, que às vezes vemos nos sonhos. Ele precisava de algum tipo de confirmação, mas a jovem chinesa não parecia disposta a lhe oferecer nenhuma; depois de se vestir, ela rapidamente preparou um chá e chamou-o da minúscula cozinha para que Ele viesse bebê-lo; sua voz — que fraquejara ligeiramente quando ela perdeu o controle ao atingir o orgasmo — tinha agora um tom mais sério, que Ele — que em geral interpretava mal os sinais dos outros — sentiu que servia para colocá-lo de volta no que podia chamar de "seu lugar", o lugar de alguém que a ajudou a enganar os pais para que ela pudesse viver a própria vida. (Na qual, por sua vez, e isso estava óbvio, não havia lugar para Ele.) Talvez todas as identidades, assim como as culturas que derivam delas, não sejam um ponto de partida, e sim de chegada, como a jovem parecia acreditar; as chances dela dependiam disso, e ela não iria de novo para a cama com Ele nem nesse dia nem nunca mais, inclusive como consequência, Ele entendeu de repente e corretamente, de uma liberdade de escolha que Ele — junto com outros, imaginou — estava ajudando-a a conseguir. Ele achou que estava tudo bem, de alguma forma: Ela ainda lhe fazia falta, e o sexo com a jovem chinesa o fez lembrar disso. Quando se despediram na porta, a jovem pegou a mão dele e colocou em seu rosto, e esse pequeno intercâmbio de afeto e de calor entre os dois foi a última coisa que Ele soube dela.

6

J. perguntou qual foi o pior encontro que Ela teve na vida, e Ela levantou a vista do prato e parou para pensar um instante. J. comia ovos e bacon no café da manhã. Ela não havia tocado sua torrada, que arrancara dele uma exclamação de surpresa. Não sabia que os espanhóis comem torrada com azeite de oliva, admitiu. Ela tinha dificuldade para se lembrar de algum encontro que tivesse terminado realmente mal, o que — Ela supunha — era uma prova de que tivera uma sorte extraordinária; mas, em compensação, conhecia dezenas de situações vividas por suas amigas. Uma delas dormiu com um cara que conheceu na mesma noite; na manhã seguinte, ele saiu para trabalhar e ela ficou trancada no apartamento dele: teve que esperar ele voltar até as dez da noite, e quando ele chegou quis dormir com ela de novo, mas a amiga foi embora batendo a porta. Uma tarde, outra amiga se encontrou com um cara que passou o tempo todo tentando esconder a ereção; no dia seguinte, ele pediu a ela que não fizesse mais contato com ele, porque não tinha se divertido, algo que a amiga achou terrivelmente constrangedor. (J. achou o mesmo.) Algumas das amigas, que conheciam outras pessoas através de aplicativos e sites especializados, tiveram encontros que fracassaram por causa de alguma mentira desnecessária, por exemplo diferenças inconciliáveis entre as fotografias enviadas pelas pessoas e sua aparência na vida real, disse Ela enquanto saíam do restaurante do hotel em direção aos elevadores. (Mas tudo que se diz na internet também faz parte da vida real, objetou J. Produz, disse, efeitos reais na vida real das pessoas. Ela concordou, é claro.) Continuou o relato no elevador; contou a ele que, segundo as amigas, a maior parte dos encontros não deu errado por causa da aparência física da outra pessoa, e sim por causa de silêncios embaraçosos, devido a algum gesto ou à ausência dele, ou como consequência, por fim, de alguma opinião bizarra ou ofensiva que alguém expressou sem deixar claro por que nem para quê. Enquanto andavam pelos corredores do décimo sétimo andar, Ela pensou que tinha outras histórias para contar, mas isso implicaria expor pessoas que não significavam nada para J. — que ele nunca conheceria e de quem não saberia nem o nome, já que Ela não diria —, mas que para Ela tinham uma identidade, além de uma história. Por exemplo, a da amiga que estava fazendo sexo com um homem quando de repente ele brochou; a sensação dele de que estava se expondo ao ridículo, ou a convicção de que não havia mais razão para continuar ali — que era outra leitura possível do que aconteceu em seguida —, fez com que se vestisse e fosse embora, com a promessa de um encontro futuro que nunca aconteceu, felizmente. A da outra amiga, que estava começando a transar com um cara quando ele chegou ao orgasmo; o homem — "o sujeito", foi assim que o chamou E., que lhe contou a história — pareceu sentir tanta vergonha que ligou a televisão e começou a ver uma corrida de Fórmula 1 como se nada tivesse acontecido e como se E. já tivesse ido embora, que foi o que ela fez em seguida, batendo a porta.

E havia outras histórias, que não eram piores, mas que Ela também não queria contar porque eram dela, aconteceram com Ela e revelavam algo sobre Ela; sobre sua personalidade, digamos: contá-las seria pior que tirar a roupa, seria um ato ainda mais íntimo, que faria com que Ela se sentisse vulnerável de um jeito que nada mais faria. Uma vez — a primeira em que dormia com aquele namorado casual, o fotógrafo —, depois de fazer amor, Ela se trancou no banheiro e começou a chorar, sem razão. Antes disso — em outra ocasião, depois do show de um grupo de músicos de quem era fã, na adolescência —, Ela foi atacada no camarim por dois deles, que a beijaram à força, tentaram abaixar sua calça e obrigá-la a ficar de joelhos para fazer sexo oral neles; quando conseguiu se livrar dos dois, foi xingada e enxotada pelos músicos. Muito depois disso tudo — depois do fotógrafo, inclusive —, Ele um dia lhe disse, de forma desajeitada, pela primeira vez, que a amava; mas Ela, que tinha esperado com ansiedade esse momento, começou a rir histericamente, nunca entendeu por quê.

Apesar de seu tamanho, J. era ágil e parecia se movimentar sem esforço, tanto quando estava em cima dela como em qualquer outra situação; quando estava deitado nu ao seu lado, seu corpo adquiria certa solenidade que a desconcertava, como a de um santo agonizante em uma imagem barroca, repleta de veias inchadas e joelhos e palmas e sofrimento transcendente. Não saíram do quarto durante a manhã inteira e, por volta do meio-dia, J. levou-a para comer em um restaurante popular nos arredores da cidade; tinha sido recomendação de um urbanista brasileiro que conhecera por acaso em Londres, mas, quando chegaram, se surpreenderam com a precariedade do lugar e a natureza ao redor, que parecia não ter sido alterada exceto pelo plantio de umas mangueiras enormes, cujos troncos, que eram esquálidos e se ramificavam a poucos centímetros do chão, davam a impressão de serem incapazes de sustentar a folhagem: a comida, no entanto, estava deliciosa. Quando terminaram, J. se lembrou que esquecera de contar qual foi seu pior encontro, e Ela o incentivou a contar: pediram café, que foi servido nas xícaras minúsculas em que se bebe café no Brasil, em nome da tradição e talvez da teimosia. J. teve um caso com uma de suas professoras no último ano da faculdade; se encontravam em segredo, no apartamento dela, depois das aulas. Não havia compromisso algum entre os dois, é claro, mas J. — naturalmente — acabou se apaixonando por ela. A mulher era mais velha do que ele, era famosa nos círculos da arquitetura britânica, tinha estilo, tinha uma casa de onde dava para ver toda a cidade, tinha um gato que era uma espécie de bola de pelos arrogante num canto do sofá, tinha máscaras africanas penduradas nas paredes e um tapete persa na sala. E ele tinha o quê? Pais que moravam em uma fazenda com nome de acidente doméstico, faculdade incompleta, voracidade e anseio por lugares que ainda não tinha visitado e que só conheceria muitos anos depois, se tivesse sorte. (Teve.) Às vezes, ele ficava olhando o gato da professora; gostava da rara coerência do bicho, que em geral está ausente nos humanos: quando estava furioso, tudo nele era fúria; quando se sentia satisfeito, a satisfação eletrizava seu corpo e era absoluta: não tinha malícia nem segundas intenções, apesar de estar cercado de seres humanos — J., por exemplo — que só tinham pensamentos desse tipo. (Schopenhauer disse uma vez que os animais vivem no inferno e que seus demônios são os seres humanos, lembrou J. Ele tinha certeza absoluta de que isso era verdade.)

Um dia, a professora se cansou dele, é claro; parou de chamá-lo para sua casa, justamente quando ele estava começando a sentir — ou pelo menos era assim que ele se lembrava, disse — que sua familiaridade com a casa e com a professora lhe concedia o único direito a que ele aspirava, que era o de estar apaixonado por ela e poder expressar isso. Talvez ele tivesse interpretado erroneamente sinais anteriores, dos quais nem sequer se lembrava; ela, por sua vez, supôs que ele sabia o bastante sobre esses assuntos para entender e aceitar o que estava acontecendo. Como professora, ela não era ruim — admitiu J. —, mas dessa vez se enganou na avaliação, porque ele não tinha conhecimento algum nem sobre esses assuntos nem sobre quase nada: telefonou para ela por semanas a fio, primeiro de forma esporádica e depois com cada vez mais insistência, à medida que ficava evidente que ela não responderia mais suas ligações e que — se não houvesse mais nada sobre o que conversar, o que era discutível — ambos precisavam conversar sobre isso, sobre a decisão dela de não atender as ligações dele. Uma tarde, seguiu-a depois da aula para falar com ela, mas não conseguiu: a professora entrou num bar antes que ele pudesse alcançá-la e foi até um rapaz que esperava por ela; o rapaz tinha a idade de J., ou talvez fosse mais novo: usava um casaco xadrez e beijou-a nos lábios antes que ela pudesse deixar suas coisas em uma cadeira. J. sentou-se a três mesas de distância e pediu um chope, tentando fazer contato visual com ela; a certa altura começou a chorar, é claro: o garçom, que o observava do balcão do bar, se aproximou e colocou em cima da mesa uma caixa de lenços de papel, como se fosse uma espécie de acompanhamento tradicional das bebidas. No final, a professora e o rapaz se levantaram para sair, mas ele não teve coragem para confrontá-los e deixou que fossem embora. J. e a professora nunca chegaram a ter um encontro propriamente dito, e jamais se encontraram em um lugar público; essa foi a única vez — e a última — em que isso aconteceu, de certa forma. As relações entre professores e alunos, sobre as quais tanto se escreveu no passado — e que a nova moral dominante condena, talvez corretamente —, estão baseadas em algumas premissas sobre o conhecimento do outro que são sempre erradas, ou acabam sendo: o que atrai o professor não é só a juventude do aluno, como acham alguns, mas antes de tudo o fato de o aluno, por definição, não ter conhecimento, é essa "virgindade" de conhecimento, por assim dizer, o que excita o interesse do professor no começo da relação; quando a relação termina, contudo, a ausência de conhecimento é contraproducente, porque impede o aluno de entender a separação e agir com inteligência: a relação amorosa entre o professor e o aluno nunca ensina muita coisa, disse J.; pelo menos, nada que tenha alguma utilidade no momento em que a relação acaba. Ela achava que o incidente com a professora naquele bar podia ser considerado um encontro? (Ela disse que sim.) Nesse caso, admitiu J., esse foi o pior encontro que teve na vida e, talvez, o único que preferia esquecer.

Foram visitar o Museu de Arte de Brasília, mas não conseguiram passar dos alambrados que cercavam o prédio; ninguém avisara a eles que o museu estava vazio havia dez anos — exceto por uma escultura de Amílcar de Castro, que continuava no pátio dianteiro — e que todo o acervo tinha sido levado para outro lugar, não sabiam onde. Enquanto voltavam em silêncio para o centro da cidade — um silêncio que só J. se deu ao trabalho de quebrar, falando sobre algumas obras de Waltercio Caldas que em algum momento estiveram no museu e que eram o motivo pelo qual ele quis visitá-lo —, Ela ficou pensando no que aconteceria quando sua estadia em Brasília chegasse ao fim. J. voltaria para a Inglaterra em alguns dias, como já dissera a Ela. Chegaram ao hotel dele suados e cobertos de poeira, e houve um instante em que ambos ficaram parados na recepção sem saber o que fazer. Quer subir até o meu quarto?, ele perguntou. Ela sentiu a pontada do seu desejo — que a asfixiava, literalmente; era um aperto no peito parecido com a apneia — e disse que sim, mas imediatamente se arrependeu. Pensou que talvez J. só estivesse tentando ser educado ou retribuindo o acesso à intimidade que Ela lhe dera quando o levou ao seu quarto e que ia muito além da nudez, que consistia em alguns objetos organizados de determinada maneira e que, ao contrário de seu corpo, não eram algo inato, e sim resultado de decisões conscientes e/ou da negligência dela. Uma vez — numa época que já parecia outra vida —, Ela passou uma temporada relativamente prolongada dormindo em hotéis; era parte de uma pesquisa que Ele estava fazendo para um livro que publicaria pouco depois e que ainda podia ser encontrado na seção de guias de viagem de algumas livrarias, apesar de não ser de forma alguma um livro desse tipo; seu tema era o hotel como alternativa ao lar, um lugar onde eram ensaiadas certas noções da privacidade e do conforto que afetavam o modo como imaginamos ambas as coisas; em torno da figura do hotel, confluíam no livro — o melhor dele, na opinião dela — aspectos essenciais do modo em que vivemos, como a existência de categorias e classes sociais. Ao contrário do que ainda acontecia nos discursos políticos e econômicos, que insistiam na possibilidade de ascensão social e de igualdade de oportunidades, os hotéis faziam alusões explícitas à existência de classes, por meio da distribuição do espaço de acordo com uma regra simples: mais espaço era mais poder, inclusive para modificar o próprio espaço. Ele se interessava por esse aspecto, que para Ela era indiferente, já que estava acostumada, como arquiteta, ao fato de que qualquer modificação do espaço — e a própria concepção do espaço, é claro — é produto do dinheiro; o que a interessava era, ao contrário, o modo como os hotéis encenavam e padronizavam um lar fictício, articulado em torno da concepção errônea de que todas as pessoas habitam os espaços da mesma maneira; disso era possível concluir que — ao menos nos termos postulados pelos decoradores de quartos de hotel — o lar é o lugar onde você não tropeça nos móveis: na verdade, o lugar em que você nem repara neles. A encenação do lar feita pela indústria hoteleira era uma forma de miopia, Ela achava: música funcional e quadros cuja abstração era figurativa.

Embora só estivessem juntos havia alguns dias, o sexo entre eles foi perdendo o caráter de exploração e tentativa que geralmente se tem entre desconhecidos — quando a desinibição também é causada pela indiferença diante do que o outro ou a outra pense a nosso respeito — para se transformar em algo diferente. Não necessariamente em rotina, e sim em um diálogo sujeito a variações mas baseado na existência de um idioma comum, que ambos entendiam. O quarto de J. era exageradamente estreito e parecia que ele não tinha passado muito tempo lá: tudo o que havia no quarto e não pertencia ao hotel era uma mala pequena aberta em cima de uma cadeira, um jornal inglês dobrado em quatro e um livro ao lado da cama; no banheiro havia uma escova de dentes elétrica e um tubo de protetor solar. Alguém deixara o controle remoto da televisão sobre um dos travesseiros na cama, como se estivesse exigindo ao hóspede que ligasse o aparelho e se entregasse aos prazeres pueris de telespectador: já era de noite, mas nenhum dos dois se deu ao trabalho de acender a luz. O que Ela queria fazer agora?, perguntou J. Era uma pergunta simples que pedia uma resposta direta: que Ela dissesse se queria trocar de roupa e ir comer alguma coisa, ou se preferia ficar no quarto e pedir comida. Mas Ela estava absorta em seus pensamentos — que giravam em torno do que estava acontecendo entre eles e das chances de que isso se estendesse no tempo — e cometeu um erro. "Eu podia ir te ver em Middlesbrough no final de março, ou então você...", Ela começou a dizer, mas parou quando viu uma sombra de alarme atravessar o rosto de J. Não tinha imaginado que J. pudesse ter outros planos, algo ou alguém na cidade onde morava que tornasse inviável a continuação do que estava acontecendo entre eles, ou que simplesmente impedisse um desejo de que tudo isso não fosse mais que uma aventura; ele se entregara tão intensamente que parecia difícil imaginar que estivesse guardando algo para outras pessoas, Ela pensou. Ao seu lado, J. fingia que nada havia mudado entre eles, mas seu corpo de repente se retesou; em outra época — na adolescência, por exemplo, quando tudo exigia algum contrato verbal prévio, tudo precisava de um nome para existir —, Ela provavelmente acharia que J. lhe devia uma explicação, uma virtuosa enumeração de seus compromissos prévios e uma classificação da importância de cada um; no entanto, algo que Ele teria chamado de "um conhecimento mais profundo do mundo", que Ela ganhara nos últimos anos, fez com que Ela compreendesse que essa explicação era desnecessária e prejudicial para as horas que lhes restavam juntos: era um segredo dele, ele estava no seu direito e Ela não devia questioná-lo. Algum tempo antes, Bg. mencionara uma medida que ela e E. adotavam para o que descreviam como "minimizar danos" e que consistia em "não contar, não perguntar, não saber" quando se encontravam com alguém. Quanto a Ela, nem mesmo tentara sair com outra pessoa e, no entanto, acabou se deparando com algo semelhante a um encontro, que já durava dois ou três dias, de modo que a medida adotada pelas amigas parecia pertinente e digna de consideração, a não ser pelo fato de que já era tarde demais para pô-la em prática. Algo em J. a fez pensar que ele não tinha segredos, uma certa flexibilidade, pensou Ela, que imaginava a ambiguidade moral como uma espécie de rigidez; mas J. devia ter segredos, e a única coisa que Ela podia fazer era aceitar isso: esses dias em Brasília seriam um parêntese na frase — que de resto era perfeitamente articulada, imaculada — que ambos usariam para narrar sua vida a uma terceira pessoa. Quem foi mesmo que recomendou aos escritores inexperientes e aos amantes da elegância que eliminassem de suas frases — antes e acima de tudo — os parênteses? Não se lembrava, e não tinha importância: ao se virar para J., Ela violentou todas as minúsculas partes independentes que imaginava que formavam seu rosto para obrigá-las a se juntarem em um arremedo de sorriso — tanto mais efetivo porque falso, como era óbvio para os dois — e disse a ele que nessa noite estava com vontade de tomar saquê, e que deviam trocar de roupa e descer até a recepção para perguntar onde podiam conseguir uma garrafa.

Aos doze anos, J. encontrou um pequeno porco-espinho ao pé de uma árvore e o levou para casa, ele contou a Ela nessa noite no restaurante; naquela época, já tinha ouvido falar sobre o trabalho de Konrad Lorenz e sobre o conceito de "cunhagem", e deu um jeito para estar diante do bicho quando ele abrisse os olhos e, assim, ser a primeira coisa que ele visse. O porco-espinho achou que ele era sua mãe, naturalmente: seguia-o por toda parte, dormia com ele, subia por suas pernas cada vez que sentia medo. "Mas o mais notável", disse, "foi que, ao mesmo tempo que eu ensinava coisas a ele, o porco-espinho começou a me ensinar coisas também, começou a ter uma influência sobre mim que eu não imaginava que fosse possível. Mais tarde, li que Lorenz também não achava que isso fosse factível, mas acho que é o que permite a existência de meninos-lobo e coisas parecidas: se você observa o comportamento de algo ou alguém por tempo suficiente, você também dá a esse algo ou alguém a chance e o direito de observar você." "E essa observação condiciona o seu comportamento...", observou Ela. "... Assim como a sua observação condiciona o comportamento do outro", disse J. "O porco-espinho foi atropelado por um carro quando tinha uns seis ou sete meses de vida, pelos meus cálculos. Só Deus sabe o que poderia ter acontecido se a influência dele tivesse continuado", acrescentou, mas depois disse que a influência assimilada nesse período já fora suficiente, de certa forma. "Ele me endureceu, me fez acordar", disse. Os dois ficaram em silêncio enquanto à sua volta dois funcionários do restaurante recolhiam pratinhos de sushi e as garrafinhas de saquê e de molho de soja. Mais uma vez, Ela ficou pensando no que J. estaria escondendo, talvez uma vulnerabilidade para a qual não fora educado e com a qual não sabia o que fazer, como a maioria dos homens de sua geração; sua anedota de infância tinha várias camadas de sentido, que giravam em torno da questão de que aquilo que é observado acaba se transformando em uma propriedade — em geral, devastadora — do observador, mas também aludiam a assuntos como fragilidade e força, sobre os quais ainda não haviam conversado. J. se identificava com um animal cuja intimidade — em certas circunstâncias — podia machucar os outros, e Ela ficou pensando por que ele fazia isso, quem teria incutido nele essa convicção sobre sua própria personalidade que Ela achava errada, embora fosse evidente que seu conhecimento sobre ele era superficial e não permitia que Ela afirmasse isso com certeza. Como outras pessoas — como Ela mesma, com certeza —, J. tinha sido acusado de algo que acabou aceitando; alguém lhe disse uma vez que ele machucava as pessoas ao seu redor e ele, por alguma razão, acreditou que a acusação o descrevia perfeitamente, que era o núcleo em torno do qual girava seu passado e o que faria com seu futuro. Embora a acusação talvez fosse falsa, pelo menos naquele momento, acabou por defini-lo, de certo modo: no dia seguinte, à tarde, Ela o acompanhou até o aeroporto e lhe deu um beijo antes de voltar ao táxi que os levara até lá. Teve vontade de dizer que alguma parte dele ficaria com Ela para sempre, de alguma forma, mas não conseguiu. Depois, viu as ruas de Brasília desfilando pelas janelas do carro e teve uma sensação de cansaço e alívio, e pensou que teria que dedicar as semanas seguintes a esquecer o que acontecera entre eles e o que tudo isso significava para Ela, mas pensou também que ambos haviam se livrado de algum tipo de perigo; sobretudo, pensou em J. — não pôde evitar — como uma espécie de porco-espinho, e continuou a pensar nele dessa maneira durante as horas seguintes, inclusive enquanto olhava do seu quarto de hotel os fogos de artifício que anunciavam a passagem de ano: não como um plantígrado ou outro animal com o qual fosse fisicamente parecido, e sim como um porco-espinho — *a hedgehog*, ele dissera, e também um *burr* —, um animal noturno mas esquivo, e de natureza contraditória.

7

M. voltou antes do que havia previsto; seu trem ainda não tinha nem saído da estação quando ela começou a enviar mensagens de texto; como todas as mensagens que mandava, eram dirigidas a Ele, mas não esperavam resposta, eram parte da conversa que M. mantinha consigo mesma, e que deixava que Ele assistisse, por razões que Ele ignorava. Queria jantar com Ele essa noite, disse: queria discutir algumas questões. “O que uma freira tem de doce? Quantas variações podem existir de uma mistura de açúcar, ovos e banha de porco?”, escreveu. Em seguida, enviou uma notícia sobre a nova temporada de uma peça teatral cujo tema eram os objetos perdidos por um grupo de pessoas anônimas, que participaram de uma pesquisa que serviu de base para a dramaturgia: um molho de chaves, um gato, um guarda-chuva, uma bolsa, um namorado. A notícia não dizia se as pessoas tinham conseguido recuperar o que perderam, nem — se fosse o caso — como, e quando perguntou isso a M., nessa noite, ela ficou olhando para Ele como se não tivesse ideia do que Ele estava falando.

M. e Ele tinham em comum um gosto meio inexplicável pela repetição em matéria culinária e, assim, combinaram de jantar em um novo restaurante andaluz, onde M. teria a oportunidade de comer o mesmo que vinha comendo havia dez dias. M. estava eufórica, o que era algo incomum nela, e monopolizou a conversa com o relato sobre suas férias, que incluía várias intoxicações alimentares de membros da família, um acidente doméstico em que um dos tios mais idosos — todos tinham o mesmo nome, Ele pensou — caíra da escada e, apesar disso, não quebrara nenhum osso, algumas brigas; depois, todos se abraçaram pouco antes da passagem de ano, e uma das tias confessou entre lágrimas — depois de engolir, sem necessariamente mastigar, as tradicionais doze uvas à meia-noite — que o pequeno I., seu filho, não faltara ao jantar de família porque preferia estar com os amigos, e sim porque o rapaz — junto com os amigos, claro — tinha sido preso no dia anterior pela polícia de Algeciras enquanto estavam no porto aliviando uma embarcação de sua carga: o pequeno I. — dezenove anos, um metro e oitenta e oito centímetros de altura, noventa e nove quilos, expulso de seis colégios, do último deles por quebrar uma janela com a cabeça para ganhar uma aposta — era uma dor de cabeça para a família, que considerava sua existência uma ofensa a uma reputação e a uma honra que a família nunca teve, mas que sempre esperou conseguir algum dia, pelo menos até o rapaz — já convertido em assíduo repetente do último ano do ensino médio, cujas salas de aula conhecia tão bem quanto a bolsa da mãe — começar a vender pequenas quantidades de droga aos colegas no banheiro da escola e acabar sendo descoberto.

Naturalmente, ele já tinha um filho: a namorada lhe dera um no ano anterior, que a mãe do pequeno I. e a mãe da namorada tentavam manter com vida cada vez que os pais perdiam o interesse pelo bebê ou não conseguiam segurar as pontas, duas coisas que aconteciam com frequência. M. conhecia a história e foi embora logo, enquanto seus parentes jogavam uns nos outros a responsabilidade pelo comportamento do primo, e a televisão insistia na programação de réveillon. Quanto a ela, M. achava que a responsabilidade não era da família — ou não só dela —, e sim daquilo que descrevia como "o que acontece quando o capitalismo tardio se instala em sociedades pré-capitalistas": na região de onde ela vinha, disse, o capitalismo industrial nunca tinha funcionado, e quase todo mundo só conseguia sobreviver graças a uma trama extraordinariamente densa de extorsões, tráfico de influências e práticas à margem da legalidade, cujo melhor exemplo era o narcotráfico: ele só exigia uma adesão às estruturas pré-capitalistas, "naturais", da família e do clã, que eram as únicas que funcionavam na região e, em geral, no resto do país. A insistência das empresas do capitalismo tardio em se apresentarem como "uma grande família" facilitava a transição, de certa forma: no futuro, todos seríamos narcotraficantes, se é que já não éramos, inclusive os que não vendem drogas, disse M.

"Tem alguma novidade sobre os nossos insetos pra me contar?", ela perguntou de repente. Embora Ele estivesse acostumado a que o estado de ânimo de M. flutuasse com frequência e a que ela mudasse o tema da conversa sem explicações, a pergunta o desconcertou. Quando se recuperou, contou sobre um parasita dos grilos, cujas larvas se alojam no interior do ortóptero e o devoram por dentro; quando triplicam seu tamanho original — e ocupam assim todo o corpo do grilo, exceto a cabeça e as patas —, as larvas se apoderam de seu sistema nervoso e ordenam que ele se jogue na água, enquanto elas permanecem em terra firme, onde procuram uma nova vítima.

"Não acho que *vítima* seja a palavra correta", disse M. Para ela, não existia delito quando o que estava em jogo era algo semelhante à luta pela sobrevivência. Acrescentou que "gostava" — como se estivessem falando de uma história escrita por Ele, e não de um artigo científico — da parte em que a larva coloniza o sistema nervoso do grilo e ordena que ele se jogue na água; no fim das contas, o grilo é um zumbi, disse, um trabalhador do capitalismo tardio: uma força de trabalho sem controle sobre suas ações, completamente alienada em relação ao resultado do seu trabalho, que consiste na reprodução de outra espécie que não lhe dá nada em troca. Mas Ele não estava tão convencido da analogia. "É disso que estamos falando? De sexo e de capitalismo?", perguntou. M. sorriu como se tivesse sido pega em flagrante. "Vamos a uma boate", sugeriu, fingindo que dava um soco na mesa. "A gente procura alguma mulher gostosa, e eu te ajudo a conquistá-la, sou boa nisso: só preciso que você mantenha essa sua boca fechada", disse. M. olhou em volta procurando o garçom e fez um gesto para que ele trouxesse a conta. "A gente precisa mesmo passar por isso?", Ele perguntou, e ela o olhou com curiosidade, como se o estivesse vendo pela primeira vez na vida. Naturalmente, e apesar de ter sido M. quem pediu a conta, o garçom entregou a conta a Ele, cuja situação financeira era precária, mas, aos olhos do garçom, provavelmente estava assegurada pelo simples fato de que Ele era homem. "Não, a gente não precisa", respondeu M., e disse para irem ao seu apartamento.

8

Algum tempo depois de começarem, M. o afastou e virou-se para olhá-lo nos olhos; depois o beijou e apoiou as costas contra a parede: levantou uma perna para que Ele a penetrasse. Ele a penetrou pouco a pouco, com investidas que o faziam entrar mais e mais dentro dela até que um orgasmo repentino o alcançou. Nunca imaginou que seria assim, pensou: essa intensidade, e uma intimidade que surgira tempos antes quando se tornaram amigos e que agora chegava a um estágio que nenhum dos dois ainda conhecia, mas que ambos havia algum tempo desejavam conhecer. Quando M. se deixou levar até a cama e se deitou nela, Ele abriu suas pernas e afundou o rosto entre elas; alguns minutos mais tarde, percebeu que o corpo de M. começava a tremer e depois a se sacudir em espasmos. Ele se deitou ao seu lado e ficou por algum tempo ouvindo o coração dela voltar ao ritmo normal. Mas ainda não haviam terminado, e M. soltou-se de seu abraço e montou em cima dele: provocou-lhe um orgasmo de intensidade incomum, e depois ela mesma gozou, com alguns movimentos breves e precisos da pélvis. Quando saiu de cima dele, M. o beijou no pescoço com violência; deixou um hematoma, que Ele só descobriu no dia seguinte, de manhã.

9

No dia seguinte, de manhã, ambos se revezaram para tomar banho e depois se vestiram, de costas um para o outro; exposta à claridade do novo dia — que entrava por todos os cantos da casa —, a nudez agora lhes parecia imprópria, ao contrário da noite anterior. Uma coisa era desconcertante, pelo menos para Ele: que sua intimidade com M. — resultado da amizade que ambos cultivavam há vários anos, que se tornara mais forte nos últimos meses e fizera com que dormissem juntos — constituísse agora um obstáculo para uma intimidade maior e até mesmo para o diálogo entre eles. O apartamento de M. — que Ele ainda não conhecia e que também não conseguiria ver direito dessa vez — lhe pareceu familiar, no entanto; não pela grande quantidade de livros e pelo lugar dominante que ocupavam na casa — que era o lugar que geralmente ocupam nos apartamentos de pessoas como M. e como Ele, que tendiam a acumular livros independentemente do fato de trabalharem "com" eles —, mas sobretudo porque nas paredes não havia quadros nem nenhum outro tipo de decoração, não havia nenhum sinal de que M. estivesse interessada em enfeitar sua personalidade ou apresentá-la sob uma luz mais favorável. Enquanto tomavam café em silêncio na cozinha, Ele ficou pensando se o fato de ter ido para a cama com a amiga era um parêntese em sua amizade ou — o que era mais provável — fazia com que essa amizade chegasse ao fim, seja para dar lugar a uma relação menos superficial, seja porque a nova intimidade entre os dois tornava inviável que continuassem a ser amigos. Pensou que precisava de alguma explicação e que talvez M. também precisasse ou pudesse encontrá-la, o que seria imensamente útil para ambos; mas também calculou que nenhum dos dois — e muito menos M. — poderia sequer insinuar o que tantas pessoas dizem em circunstâncias semelhantes, que na noite anterior estavam bêbados, que não entendiam o que tinha acontecido, que o que mais importava era que continuassem sendo amigos et cetera. Uma opinião muito difundida, e que ambos conheciam bem, dizia que nunca se deve transgredir a regra não escrita de não fazer sexo com amigos. E, no entanto, boa parte da intensidade do gozo que haviam sentido na noite anterior se devia ao fato de serem amigos, ao fato de que o conhecimento que tinham um do outro fez com que se envolvessem de uma maneira que talvez não fosse possível se fossem dois desconhecidos; era justamente o fato de que se conheciam muito bem, e de que o sexo confirmava e ao mesmo tempo desmentia o que ambos pensavam um do outro — bem como, é claro, o que ambos haviam imaginado sobre como seria o sexo com o outro, algo que também desempenha um papel nas amizades, ou em quase todas —, o que dera aos acontecimentos um valor adicional. Era um valor — digamos — absoluto, mas, justamente pelo fato de ser adicional, também era frágil, podia acabar a qualquer momento por causa da vergonha ou da repetição. Ele não queria que terminasse, no entanto, e esperava que M. quisesse o mesmo. Mas, mesmo que quisesse, sua amiga parecia não ter nenhuma intenção de falar sobre isso: quando finalmente abriu a boca, ela disse que tinha pensado em não ir trabalhar nesse dia, mas precisava passar no escritório para buscar uns livros; naturalmente, Ele não se ofereceu para acompanhá-la.

V.
Sete meses (I)

I

D. afirmava que "não queria mais nada com os homens", mas sua convicção se enfraquecia à medida que falava e, além disso, já dissera coisas semelhantes no passado, com essas ou com outras palavras. Como em todas as vezes anteriores, Ela não podia fazer muito mais do que escutá-la: convidou-a para jantar assim que voltou a Madri, um pouco alarmada pelas mensagens que a amiga enviara quando estava fora. Mas D. parecia ter se acalmado; seu mal-estar dera lugar a uma espécie de resignação, que ela involuntariamente exagerava. Durante muito tempo, Ela acreditou que o modo como certas coisas são narradas é condicionado pela natureza, pelo caráter dessas coisas; mas acabou aprendendo que na verdade é o contrário: se D. parecia menos desesperada do que quando escrevera as mensagens, talvez fosse porque, ao tentar contar a Ela o que tinha acontecido, acabou entendendo que o resultado era uma narrativa um tanto banal, não importava quanto ela se esforçasse para melhorá-la. De fato, D. tinha razão — Ela admitiu —, porque sua história era uma banalidade: durante algumas semanas saíra com um cara, mas ele tinha namorada; D. descobriu isso quando, por fim, o cara a convidou para o seu apartamento. Como era? Pequeno. Escuro. Mal mobiliado. A sala estava abarrotada de aparelhos de ginástica e tinha um grande espelho de ponta a ponta, o que permitia dar uma ideia do proprietário — sim, o corpo dele era bonito —, mas também sugeria uma dedicação intensa a si mesmo que talvez o impedisse de destinar seu tempo a outras pessoas. Mas não era o caso, contudo, e D. percebeu isso quando usou o banheiro do apartamento pela segunda vez — na primeira tinha entrado rapidamente e não reparou em nada, exceto em uma cortina listrada com pintura fosforescente, sobre a qual poderia ter tirado algumas conclusões —: embaixo da pia, em um móvel, havia uma grande escova em cujas cerdas se emaranhavam alguns fios de cabelo compridos e loiros. Mas aquele homem, com quem estava transando havia algumas semanas, era — ela já tinha contado isso? — irremediavelmente careca. D. decidiu que "não queria mais nada" com os homens, repetiu; mas antes pôs o ponto final na história com o cara de maneira muito simples: pegou a escova e se penteou por alguns minutos até deixar os próprios fios de cabelo — escuros, grossos, fios de cabelo portugueses, ela dizia orgulhosa — emaranhados entre as cerdas, junto com os fios de cabelo da outra.

2

M. o evitou durante vários dias, mas quando finalmente respondeu suas mensagens, chamou-o para o seu apartamento e novamente dormiram juntos. Nunca o olhava nos olhos nem dizia seu nome quando estavam na cama, mas o beijava e dava breves instruções para que Ele fizesse uma coisa ou outra do jeito que ela preferia. Quanto a Ele, não falava: tinha a impressão de que ela preferia que ficasse calado. Estavam se conhecendo de novo, e o sexo se tornava cada vez menos impessoal à medida que o praticavam. Por outro lado, depois de transarem, M. se vestia com rapidez e fingia que nada tinha acontecido; uma vez, enquanto dormiam, Ele tentou abraçá-la e ela o afastou, com suavidade mas com firmeza. M. alternava a voracidade e a distância, que delimitavam as duas situações predominantes no novo estágio da relação deles — uma sensual e outra platônica, uma em que não conversavam, em que quase não se olhavam, e outra em que falavam sem parar, uma em que dividiam tudo e outra em que se comportavam como estranhos — e que ela tentava manter separadas, Ele não entendia bem com que objetivo.

Ao longo desses dias, uma série de circunstâncias impediu que Ele se entregasse à embriaguez amorosa que poderia ter sentido, e que — como acabou entendendo — era exatamente o que M. não queria que Ele sentisse, para que ela também não sentisse e não se deixasse levar. Uma noite, resolveram ir ao cinema e, no último momento, uma das amigas de M. acabou se juntando a eles; depois do filme — alguém tinha um problema, outra pessoa ajudava esse alguém a encontrar uma solução; tudo conspirava contra eles; quando parecia inevitável que o problema seria resolvido, o sistema impedia; Ele achava que tinham ido ver uma comédia realista, mas o realismo excessivo do diretor tornara impossível um final mais afável: mais um acidente na história do cinema —, Ele as acompanhou até o apartamento de M. e quis subir com elas, mas M. o dispensou na porta; quando tentou beijá-la, ao se despedir, M. não deixou que fizesse isso na frente da amiga, que, no entanto, já devia estar ciente de tudo. Na manhã seguinte, Ele perguntou a ela se estavam juntos e ela disse que claro que sim e ficou irritada com Ele durante alguns dias. Uma noite, depois de fazer sexo, M. recebeu uma ligação e se trancou no banheiro para atender. Ele nunca soube quem era.

Algum tempo antes, Ele finalmente começara a pensar no próximo livro: tinha algumas anotações, mas elas não apontavam nenhum caminho em particular — Ele achava —, ou indicavam um caminho que Ele preferia não seguir, que era a forma como o sofrimento é experimentado pela sociedade europeia nos dias de hoje. Diante de sua situação pessoal e da precariedade do acordo que fizera consigo mesmo para aceitar o fato de que Ela tinha ido embora — um acordo do qual Ele mesmo às vezes duvidava —, não achava que estivesse em condições de escrever um livro sobre esse tema; e, no entanto, esbarrava o tempo todo em artigos na imprensa, em filmes e livros sobre o assunto e em situações em que se falava de uma forma ou de outra sobre o sofrimento e se tentava encontrar maneiras de viver com ele. Na maioria das vezes, o que Ele percebia era que o sofrimento — que a sociedade europeia não consegue sequer mencionar, que permanece inominado e nefasto nas profundezas de sua cultura — é amplamente comercializado através de aplicativos de celular, livros de autoajuda e ficções autobiográficas — que em grande medida acabam todos se parecendo uns com os outros —, canções que falam do tema, planos médicos e seguros de vida, câmeras de vigilância, alimentos livres de pesticidas, terapias alternativas e tradicionais — embora seja evidente que as primeiras superam amplamente o alcance das segundas: oferecem, inclusive, a possibilidade de aliviar o sofrimento infligido ao indivíduo em vidas passadas —, discursos xenófobos e uma política exterior comunitária caracterizada por isolamento, créditos bancários e mestrados, colégios particulares e cursos de especialização e de idiomas: todos esses bens e serviços fazem parte de uma indústria cujo objetivo explícito é amenizar o medo de seus clientes — de perderem o emprego, de não conseguirem outro, de os filhos não conseguirem emprego, de serem espoliados ou de ficarem doentes, de perderem suas economias —, mas a origem desse medo é, por um lado, a percepção de um sofrimento que algo ou alguém lhes causou, e sobre o qual parecem não saber quase nada, exceto seus efeitos; e, por outro, a convicção errônea de que é possível evitar que isso aconteça de novo.

Por recomendação do médico que procurara por causa da dificuldade de dormir — que, por sua vez, também era causada pelo sofrimento —, Ele começou a dar longos passeios ao entardecer que às vezes o levavam até os parques nos arredores da cidade; seu objetivo era se cansar o suficiente para conseguir dormir, mas as caminhadas, ao contrário, o deixavam excitado, provocavam um vigor singular, que também era estimulado pelo ar frio e — de vez em quando — pelo canto dos pássaros, que Ele não conseguia identificar, mas pelo qual se sentia imensamente agradecido; nunca imaginou que sentisse saudade de caminhar entre as árvores — algo impensável no centro da cidade, aliás, dado o desprezo que os madrilenhos pareciam sentir por qualquer forma de vegetação nas ruas —, mas assim era: as caminhadas aplacavam o ruído de sua mente, mas também ofereciam, a quem quisesse ver, o espetáculo das muitas maneiras pelas quais as pessoas exibem seu sofrimento, na maioria das vezes tentando escondê-lo dos outros. Na verdade, as superfícies polidas e graciosas, que haviam se tornado a estética preferida dos arquitetos e dos designers de tecnologia nos últimos tempos, revelavam a presença brutal desse sofrimento na cultura: a aparente leveza de suas criações era uma tentativa de negar o peso da devastação sob a qual todos viviam havia anos, inclusive Ele.

3

Volta e meia, Ela pensava que o grupo de mensagens das amigas e as conversas que aconteciam ali, que frequentemente faziam com que interferissem nos assuntos umas das outras, acabavam transformando todas elas em ghostwriters das histórias alheias, especialmente das histórias amorosas. Por um lado, isso não a incomodava; por outro, no entanto, pensava que a utilidade dessas intervenções, por mais bem-intencionadas que fossem, só podia ser avaliada com base em alguma espécie de "relacionamento ideal" que — estava convencida disso — não existia: todas teriam vivido as histórias das outras de uma forma completamente diferente. Quanto à intenção dela de ficar sozinha por um tempo — que D. revelou ao círculo de amigas depois do último desengano amoroso: a escova de cabelo et cetera —, algumas consideravam que não correspondia ao verdadeiro desejo dela, que era se apaixonar de novo; outras achavam que a intenção podia ser genuína, mas não atendia aos seus interesses. (D. achava o contrário, é claro.) A. também tinha estatísticas sobre o assunto, que corroboravam suas opiniões, as suas e as de D. Os aplicativos de relacionamento — que todas as amigas usavam ou já tinham usado — baseavam-se em uma concepção das pessoas como mercadorias e da experiência amorosa como uma troca de serviços, disse: segundo alguns estudos, a fotografia do perfil é a primeira coisa — e às vezes a única — que alguém olha antes de se interessar por outra pessoa; quando ocorre a coincidência ou match entre dois usuários, a iniciativa é geralmente das mulheres; quando os homens tomam a iniciativa, isso acontece em um período nunca superior a cinco minutos, e com mensagens que têm em média doze caracteres. O que dá para dizer num espaço desse tamanho?, se perguntava A. (Em contrapartida, as mensagens das mulheres são em média dez vezes mais longas, e — por mais absurdo que pareça — quem usa emojis tem mais chances de que a conversa com a outra pessoa termine em sexo, ainda que, na realidade, o sexo só aconteça em um em cada dez matchs, dizia.) (Um em dez não parece muita coisa, afirmaram todas.) Mas a estatística é ainda mais desanimadora, insistiu A. Para cada match, há oitenta e duas rejeições, praticamente o mesmo que na vida real. A diferença entre uma e outra — ou seja, entre a vida real e a virtual, que J. colocara em dúvida — era relevante e dava razão a A. quando ela dizia que os homens eram todos uns babacas, uns mentirosos et cetera: segundo outro estudo, quarenta e dois por cento dos usuários de aplicativos são casados ou estão num relacionamento. Os homens são condicionados culturalmente a valorizar as mulheres por sua aparência física e não por sua personalidade, que lhes interessa bem menos; pela mesma razão — disse A. —, acreditam que, se forem atraentes o suficiente, as mulheres perdoarão alguns pequenos defeitos pessoais, como o fato de serem casados.

D. só teve um pouco de azar, concluiu A. A solidariedade com D., que se instalou entre as amigas ao longo do jantar — e do consumo de álcool, um hábito que a maioria delas adquirira no começo da juventude, quando em alguns círculos isso ainda era considerado um privilégio masculino e as mulheres que bebiam eram repreendidas —, levava-as a fazer pequenas confidências, seja para mostrar a D. que o que acontecera com ela poderia acontecer a qualquer uma delas, seja porque simplesmente queriam falar. Enquanto prosseguiam as gargalhadas e as histórias, as exclamações de indignação e os silêncios em que mergulhavam quando algo dizia que deviam fazer isso, Ela começou a pensar que essa era uma época em que não há modelos históricos aos quais recorrer em busca de orientação se você for uma mulher solteira, o que amplia as possibilidades delas, mas também faz com que se sintam mais inseguras sobre suas decisões. Bg. trocava mensagens com homens durante semanas, mas nunca se encontrava com eles. (Porque o que lhe interessava não era o sexo, e sim a intimidade, disse.) E. muitas vezes abandonava as conversas com os candidatos de repente e sem explicações, não sabia bem por quê. (E. era a fonte da maioria das histórias que Ela contou a J. quando conversaram sobre os encontros; E. sempre dizia que seus namorados acabavam encontrando mulheres melhores do que ela, e quando dizia isso sua voz deixava transparecer uma levíssima irritação, característica dela.) Só A. era casada, mas sua contribuição se limitava — porque era óbvio que nenhuma delas queria saber sua opinião, que era o resultado de uma e apenas uma forma de ser mulher nesse momento histórico, e que não era a mais sujeita às mudanças nas mentalidades ocorridas nas últimas décadas — a questionar algumas decisões que não tomou nem tomaria se fosse alguma das amigas. (Também tinha estatísticas sobre isso, que nenhuma delas queria ouvir.) A. recebia regularmente fotografias do filho, que logo depois apagava; exigiu que o marido mandasse as fotos para que ela pudesse verificar se o menino, que deixara aos cuidados dele, continuava dormindo; sem levantar a vista do celular, disse que o que estava acontecendo com D. era que ela tinha medo de fazer novamente uma escolha errada, mas o erro era, do ponto de vista estatístico, inevitável. F. não concordou; respondeu que não existe a possibilidade de fazer uma escolha errada nos aplicativos, porque sempre é possível escolher de novo. Ela, por sua vez, tinha a impressão, pelo contrário, de que ninguém escolhe nada, simplesmente faz uma opção a partir de um repertório preestabelecido de possibilidades, que tende a minimizar as diferenças; em breve — pensou, enquanto pedia outra garrafa d'água —, a padronização da forma como as pessoas falam de si mesmas e se apresentam em todas essas redes para aumentar as chances de parecerem atraentes acabaria se deslocando para outros contextos e seria celebrada como ideologia dominante, mas a diferença continuaria lá, sob a superfície do perfil, no confronto entre o perfil e a realidade, complicando tudo.

Não era algo que as amigas quisessem ouvir, é claro, de modo que Ela encheu novamente o copo com água e se absteve de participar da conversa. Era Ela quem tinha escolhido o restaurante e feito a reserva: de certa forma, era a anfitriã da noite, mas, embora essa troca de informações e de histórias entre as amigas — a atmosfera do jantar, digamos — fosse desde o início a mais adequada para seu objetivo, Ela preferira ceder o protagonismo a D. enquanto decidia se queria mesmo contar às amigas o que estava acontecendo, algo que até o momento guardara para si mesma, devido a uma espécie de intuição. Assim como muitas outras coisas que haviam acontecido nas últimas semanas, sobre as quais tinha sentimentos contraditórios que às vezes a assustavam, Ela não tinha certeza se devia contar a novidade e, por isso, ficou calada. Quando mudou de ideia, no entanto, já no fim do jantar, as amigas ficaram perplexas e começaram a fazer perguntas atropeladamente e às vezes se repetindo, inclusive na expressão de espanto. Não fazia diferença que Ela tivesse pensado em tudo, inclusive no que podia dar errado ou no que era imponderável: para as amigas, era uma catástrofe. Quando, apesar disso, elas começaram finalmente a dar os parabéns — de maneira um tanto desajeitada, e impelidas, Ela pensou, por alguma espécie de pudor —, já era tarde demais para que os parabéns parecessem sinceros, e Ela precisou se conter para não começar a chorar. Ao se despedir delas do lado de fora do restaurante, um momento depois, teve a impressão de que o jeito como lhe diziam adeus sugeria que estavam se despedindo de maneira definitiva; muitas delas teriam filhos nos próximos anos — pensou —, mas elas pareciam achar que a maternidade era uma espécie de perda: estavam dizendo adeus a quem Ela fora até então, e também ao que elas haviam sido desde que se tornaram amigas, compreendeu. De fato, a partir dessa noite o grupo de mensagens ficou em silêncio, enquanto seu corpo se transformava e Ela se transformava junto, em uma trajetória paralela e que só em parte havia previsto.

4

Várias vezes, ao longo desses dias, Ela pensou nele e quis ligar para contar tudo. Mas não ligou. Não sofria de nenhum dos incômodos que supostamente acompanham a gestação durante as primeiras semanas, mas se sentia cansada e um pouco sozinha; ainda não havia contado a seus pais, mas podia prever uma reação ambígua que o tempo — disso estava certa — transformaria em aceitação, como acontecera antes com todas as suas decisões. Um projeto no qual trabalhara no ano anterior tinha sido aprovado, mas um dos chefes introduziu na proposta o que chamava de sua "marca" e em breve a cidade teria outra monstruosidade de cimento para desafiar o senso comum; dessa vez, a displicência com que seu chefe descartou suas objeções não lhe pareceu mais uma manifestação de um tipo de misoginia a que já estava acostumada, e sim uma espécie de sinal de que ele perdera a confiança nela ou de que se sentia magoado: Ela tinha certeza de que o estúpido incidente do jantar de fim de ano já era do conhecimento de todos no escritório, e uma vulnerabilidade inédita, que não havia experimentado até o momento, assim como o sentimento de vergonha, a fizeram prometer a si mesma que largaria o emprego. Mas não largou, e pensou que essa concessão às circunstâncias era a primeira que fazia a seu projeto de ser mãe. Um médico disse que seu filho já conseguia abrir as mãos e a boca; outra médica mostrou-lhe o som das batidas do coraçãozinho dele, que pareciam um tambor de guerra.

5

Ele sabia dirigir, mas preferia que os outros dirigissem, embora, na verdade, do que Ele mais gostava era de não ir a lugar nenhum e observar o espetáculo do mundo de onde estivesse morando no momento; contudo, insistira para saírem da cidade e irem até a serra num carro alugado. M. tinha uma forma de dirigir que para Ele era a expressão perfeita de sua personalidade, uma mistura de improviso e controle que expressava em igual medida uma enorme segurança em si mesma — que ficava aparente — e uma insegurança profunda, que permanecia oculta. Não era uma combinação incomum, é claro. Mas havia algo no modo como M. lidava com essa combinação que o deixava perplexo; o fato de ela seduzi-lo e depois se recusar a dar os passos seguintes — e previsíveis — fazia com que Ele se sentisse confuso e desconfortável: quando mostrou a ela a garrafa térmica com café e os lanches que havia preparado para a excursão — para consumir no carro, pois já havia nevado na serra —, M. pareceu irritada, por exemplo. "Ah, agora vamos brincar de namorados", suspirou, sem olhar para Ele, e Ele se sentiu — mais uma vez, como acontecia tantas vezes com M. — completamente fora de lugar.

Algo nisso tudo lhe lembrava um de seus primeiros namoros, com uma garota do colégio; salvo pelo fato de que Ele tinha catorze anos nessa época — uma idade que, se não estimulava o otimismo, também não favorecia a desilusão absoluta —, não havia quase nada desse período que Ele gostasse de lembrar. Pensava que, se tivesse conhecido M. nessa época, as semanas em que estavam juntos teriam pelo menos o atrativo das primeiras experiências — que, em geral, resultam da ausência de um padrão de comparação — ou o prazer, e a culpa, da transgressão religiosa. Naturalmente, tudo era uma questão de ponto de vista. M. era parecida com Ele no sentido de que não se incomodava de estar rodeada de pessoas, mas evitava que se aproximassem a ponto de ameaçar um equilíbrio que julgava precário. Enquanto dirigia, ela contava sobre um livro que estava editando; como quase todos — isto é, como quase todos publicados de alguns anos para cá —, o livro oferecia simultaneamente os atrativos de ser "baseado em uma história real" e poder ser lido "como um romance". Para Ele, a renúncia da literatura de ficção à sua tarefa de inventar — não importando o quê: uma identidade, um sentido de comunhão entre o autor e seus leitores, uma possibilidade de que as coisas fossem diferentes — era perigosa e ao mesmo tempo reveladora dos tempos em que vivemos; mas, em última instância, o tema não lhe interessava muito. M. sabia que um por cento dos animais usa ferramentas?, Ele perguntou. M. assentiu, confusa, e tentou continuar seu relato, mas Ele não tinha acabado. O trânsito diante deles estava parado e alguém que levava um ramo de flores no porta-malas começou a buzinar histericamente. "Os esquilos machos se masturbam depois de copular com as fêmeas; parece que para evitar o contágio de doenças venéreas", continuou. "Uma espécie de cabra consegue fazer sexo oral em si mesma, coisa que, segundo o Relatório Kinsey, quase três por cento dos homens já fizeram alguma vez. Dois ursos do zoológico de Zagreb se revezam para praticar felação um no outro, segundo alguns informes." "Você está me propondo alguma coisa?", perguntou M. às gargalhadas.

Nunca conseguiram chegar à serra; ao ver que a fila de carros diante deles não diminuía, M. sugeriu que dessem meia-volta e Ele se viu obrigado a aceitar. Voltaram para a cidade espremidos no meio de outra longa fila de veículos, que fluía como uma mancha de óleo num rio de águas contaminadas. M. se entrincheirou mais uma vez no silêncio em que às vezes mergulhava, quando alguma coisa que para Ele passava despercebida — algo que Ele não era capaz nem de ver — a contrariava; ela oscilava entre o mundo exterior e um mundo particular que Ele só vira de relance; parecia que no mundo dela, como no de todas as pessoas, reinava a confusão, assim como uma vaga desilusão, com os outros e talvez consigo mesma. Sobre essa desilusão, Ele não sabia nada. De certo modo, por alguma razão obscura, não queria saber: cada pequeno incidente, cada manifestação do confronto existente entre o mundo interior de M. e a realidade em torno dela faziam com que Ele lembrasse, por contraste, da facilidade com que tudo acontecera nas primeiras semanas com Ela, quando ambos estavam possuídos por uma sensação de ausência de gravidade, de perspectiva ilimitada. M. — por sua vez — parecia considerá-lo um peso, ao menos de vez em quando; um obstáculo para a continuidade de uma solidão à qual já estava acostumada. Os dois estavam juntos, mas continuavam separados e insatisfeitos, tentando resolver necessidades que não tinham muito a ver com as do outro; eram um amontoado de barro da infância, frustrações bobas e mal-entendidos, que não levava a lugar nenhum e com o qual não era possível modelar figura alguma. Duas pessoas machucadas, cuja principal diferença com um casal — com qualquer casal, Ele pensou — era que as feridas de cada um ainda não tinham sido causadas pelo outro. (M. sabia que, aos sessenta e oito anos de idade, uma pessoa já teve em média cerca de nove mil, setecentas e sessenta e duas pequenas feridas? Ele tinha lido isso em algum lugar, como quase tudo o que sabia.) Não era uma diferença irrelevante, concluiu. Mas não respondeu à mensagem que M. mandou na mesma noite, horas depois de deixá-lo na porta de seu apartamento; na verdade, nem precisava lê-la, pois já sabia o conteúdo. Uma vez, quando ia beijá-la, M. disse que a ideia errônea de que as mulheres são doces e graciosas só tinha se perpetuado ao longo do tempo para discipliná-las e como reflexo de uma masculinidade em declínio; logo depois, ela se comportou com doçura e com graça, é claro, mas Ele ficou confuso e hesitante, incapaz de não querer atravessar a distância imposta pela amiga, mas também impossibilitado de saber em que ponto M. queria que Ele parasse.

Nessa noite, depois de receber a mensagem de M., pensou em enviar um e-mail contando o que estava sentindo, se é que conseguiria fazer isso; quando terminou de escrever, achou que poderia machucá-la, e que o melhor era mandar uma carta mais conciliadora; apagou a mensagem e recomeçou a escrever, mas parou quando percebeu que estava escrevendo a mesma mensagem que redigira um momento antes, exatamente igual, como se tivesse memorizado as palavras para descrever o que sentia e não pudesse deixar de repeti-las, fossem ou não corretas.

6

Quando Ela contou no trabalho — quando, de qualquer forma, já estava na cara —, a notícia foi recebida com um certo desagrado que ninguém se deu ao trabalho de dissimular. Ela previu que isso aconteceria, é claro: nas profissões que Ela e as amigas exerciam, a gravidez era uma forma de resistência — muitas vezes a única disponível, fora a licença médica por depressão — contra a exigência de mais e mais resultados que recaía sobre todos os trabalhadores, mas especialmente sobre as mulheres. As empresas — o escritório de arquitetura, por exemplo — tinham preferência por um tipo específico de candidato, mulheres jovens, em geral recém-saídas da faculdade, sem encargos familiares nem perspectivas de tê-los: sua disponibilidade absoluta — da qual as incontáveis horas extras que eram obrigadas a fazer eram apenas uma das manifestações — se baseava na promessa infundada de que estavam fazendo carreira, mas a promessa era desmentida pela existência de um teto de vidro que nenhuma delas jamais conseguia atravessar, não importava o quanto tentassem. Quando finalmente se instalava nelas, contra todos os seus desejos e todos os mecanismos de negação, a certeza de que a carreira que lhes fora prometida aconteceria, quando muito, no fundo humilhante de um beco sem saída, para mulheres como Ela só restava um punhado de opções para escapar, recuperando o controle de suas vidas: a constatação de que o que haviam feito com elas — e também o que haviam feito a si próprias — era uma espécie de doença que precisava ser curada ou remediada por meio de um processo irreversível contra o qual seus chefes nada podiam fazer, e que atribuíam a uma espécie de fatalidade, ou seja, o surgimento de uma irracionalidade temporária vinculada à biologia de suas funcionárias. Isso os obrigava a buscar uma solução provisória, mas já predefinida: encontrar outra mulher jovem que tivesse acabado de terminar a faculdade e não tivesse encargos familiares nem perspectivas de tê-los; quando Ela não pudesse mais trabalhar, entrevistariam algumas e fariam a todas a mesma pergunta, de que Ela se lembrava bem: se tinham planos de engravidar; poucas delas diriam que a pergunta não tinha cabimento; a maioria diria que não tinha planos nesse sentido, e sua contratação seria comemorada por todos com um brinde no beco sem saída.

Ela não tinha a impressão, no entanto, de que estava se realizando, de forma alguma; ao contrário do que sempre lhe dizia A. — que foi a primeira das amigas a quebrar o silêncio que surgira entre elas desde que Ela anunciara a notícia —, não sentia nenhum tipo de plenitude, nem pensava que as transformações que aconteciam cada vez mais rápido em seu corpo fossem a manifestação de nenhuma conquista em especial, exceto, talvez, a de poder fazer as coisas do jeito que imaginou, como algo cujas consequências — que por enquanto Ela ignorava, com exceção dos aspectos mais físicos — seriam de sua exclusiva responsabilidade.

A decisão de passar por tudo isso sozinha, com as forças que conseguisse extrair de sua solidão e da fragilidade inédita que sentia e que a deixava confusa — já que estava acostumada, desde a adolescência, a não fraquejar, a não dar razão aos que dizem que uma mulher vai fraquejar ou não vai segurar as pontas sozinha, nessas circunstâncias ou em outras semelhantes —, fora tomada antes de saber que estava grávida, e a notícia apenas reforçou a decisão. Não era a primeira mulher que criava para si mesma uma feminilidade articulada a partir da negação dos aspectos mais estereotipados da feminilidade, é claro; e, nessas circunstâncias, quem se aproximou dela foi outra mulher. F. se transformou em uma companhia recorrente quando Ela ia ao hospital, onde às vezes a ajudava a trocar de roupa e em uma ocasião segurou sua mão, quando Ela viu pela primeira vez o rosto do filho — ou filha: Ela pediu aos médicos que não revelassem o sexo do bebê — desenhando-se em um monitor. Tornar-se imprescindível, onde quer que estivesse — mesmo que suas funções não fossem muito claras, como no escritório —, não era a única habilidade da amiga, como Ela descobriu ao longo dessas semanas: também era excelente para estabelecer um vínculo com as pessoas sem necessariamente criar intimidade; ou seja, sem pagar pela intimidade o preço habitual da confidência. F. se encarregou de assuntos em que Ela ainda não havia pensado, como matriculá-la em aulas de preparação para o parto, ajudá-la a encontrar roupas adequadas às mudanças do corpo — uma tarefa que, como logo descobriram, era árdua, já que quase todas as roupas para grávidas que encontravam pareciam feitas para degradar a mulher à condição de um vasilhame disforme —, ajudá-la com as compras; ajudá-la a suportar, sobretudo, o olhar de comiseração que recebia de médicos e enfermeiras que viam sua dupla condição de grávida e solteira como uma espécie de fardo, como uma situação contrária à natureza das coisas.

F. não fazia tudo isso só por altruísmo, pensava Ela, mas também por curiosidade e talvez por tédio, já que tinha se separado do namorado: sua geração acreditava que estava pisando em território desconhecido ao experimentar relações abertas e flexíveis, mas, assim como as experiências dos pais de pessoas como Ela — que poderiam ser úteis para os jovens como F., se não fosse pelo fato de que a juventude não os deixava sequer imaginar que alguém pudesse ter algum conhecimento prévio do assunto —, essas experiências volta e meia tropeçavam na natureza humana, que tende à posse e à volatilidade. F. acreditou que a incorporação de um terceiro elemento à sua relação — mais especificamente, a editora de revistas de que lhe falara — dava a esse elemento o caráter de algo adicional, um acréscimo. Mas o que acabou descobrindo era que uma série de circunstâncias fez com que ela terminasse assumindo essa posição, pelo menos do ponto de vista do namorado. Talvez fosse o sexo, ela tentava argumentar enquanto esperava com Ela nos hospitais; a forma como o sexo constituía para F. — e para muitas outras pessoas, com certeza — um território que sempre parecia apenas parcialmente explorado fazia sua amiga imaginar que talvez essa editora de revistas soubesse mais sobre esse território, ou o habitasse melhor. Ela, ao contrário, achava que talvez não tivesse sido isso o que arruinara a relação de F., e sim a novidade representada pelo surgimento do terceiro elemento, não fazia diferença se a novidade estava ou não mascarada como sexo. De fato, Ela achava difícil imaginar que um trio como o formado por F., o namorado e a editora de revistas pudesse terminar de outra maneira; pensava que não havia nenhuma boa razão para acreditar que os projetos utópicos que pretendiam mudar a natureza humana pudessem resistir ao confronto com a realidade — especialmente se não modificavam as condições econômicas que davam forma a essa realidade —, mas também julgava que esses projetos eram os únicos que permitiam aos mais jovens suportarem um presente que se volta deliberadamente contra eles sob o pretexto de que está satisfazendo seus desejos. Para onde quer que olhasse, tudo parecia ter sido criado por eles e para eles, pensava: os espaços de trabalho que pareciam creches, a conectividade absoluta e o fim dos horários de trabalho previsíveis e dos empregos estáveis, as companhias aéreas baratas e a nostalgia das modas do século passado; todos esses elementos eram o testemunho de sua passagem pelo mundo, mas, como quase sempre acontece, não eram tanto o resultado disso, e sim de uma imposição externa. Ela não ficava surpresa que F. achasse possível melhorar sua relação — "otimizá-la", diria ela — por meio da "aquisição" de um terceiro integrante. Era parte de uma geração que não podia imaginar a subtração como uma forma de enriquecimento, com exceção de algumas pessoas, que constituíam uma minoria à qual F., com sua generosidade e suas contradições, e com sua perplexidade diante de uma separação que não conseguira prever — mas cuja dor também passaria, como tudo o mais —, claramente não pertencia.

7

Antes do meio-dia eles já tinham terminado de encaixotar tudo; tinham chegado de manhã cedo, e Ele acordara com a gritaria deles e com as buzinadas ocasionais dos motoristas que caíam na besteira de se aventurar por essa rua e exigiam que tirassem da frente o caminhão que atravancava o trânsito. Ele não sabia que a livraria ia fechar; na verdade, nem desconfiava. Não percebera nenhum sinal de que isso aconteceria, exceto a diminuição do número de pessoas que frequentavam o local, que talvez confirmasse a queda nas vendas de que algumas pessoas vinham reclamando há tempos. Naturalmente, Ele nunca imaginou que uma queda nas vendas de livros significasse uma diminuição do número de leitores, que, em sua opinião, havia várias décadas não parava de crescer. (Provocando mudanças na forma de imaginar a leitura e seu objeto, é claro.) Talvez todo o problema fosse outro, a presunção de que a literatura podia ser algo diferente do que sempre fora, uma espécie de modalidade olímpica para os mais aptos e mais treinados.

O problema não era só o desaparecimento da indústria editorial — um fenômeno que, na verdade, a própria indústria incentivava ao dar cada vez mais atenção a objetos que não eram nem se pareciam com livros, como arquivos de texto, gravações, vídeos e coisas assim: de fato, seus grandes autores hoje eram atores, cantores e apresentadores de telejornais e de vídeos para adolescentes —, mas sobretudo o desaparecimento de uma certa forma de compreender a relação entre as palavras e o mundo. Todas as experiências históricas dos últimos trezentos ou quatrocentos anos — Ele sabia disso muito bem, como qualquer leitor — foram inspiradas por textos; todas as pessoas que um dia se revoltaram com o estado do mundo — ou seja, todas que agiram sensatamente — expressaram seu inconformismo através da palavra escrita. A experiência da modernidade — da qual Ele, como ensaísta, era devedor, inclusive até mais do que a maioria das pessoas — pressupunha, e era definida, pela experiência de algumas pessoas que tinham uma relação específica com a linguagem, para negociar, para intervir, para persuadir quem ainda não tinha sido persuadido e para atribuir novos nomes a tudo que fora mal nomeado ou que ainda não tinha nome. O surgimento de usos diferentes para as palavras — que "aprisionam" as pessoas nas discussões que travam nas redes sociais, exceto quando apagam suas mensagens, o que para Ele era mais um exemplo da desvalorização dessas palavras — e a falta de plausibilidade das notícias que são produzidas e difundidas nos dias de hoje — e mais, a aparente impossibilidade de continuar "nomeando" o mundo de forma diferente da esmagadora maioria das pessoas — estavam dando fim à experiência da modernidade e, com ela, às sociedades que — com enormes contradições e à custa de muito sangue — deram a seus cidadãos o direito de se expressar como atores políticos. Mas nada disso o preocupava muito, na verdade; seu principal interesse durante esses dias era que seu senhorio mandasse consertar o ar-condicionado do apartamento: enquanto esperava estoicamente — nesse ano o verão chegara mais cedo, mais uma vez —, passou a manhã observando os funcionários da empresa de mudanças que metiam num caminhão dezenas de caixas e estantes que até a véspera pertenciam à livraria; um deles, que parecia o chefe, tinha um bigode inacreditável, de narcotraficante colombiano ou ator argentino, algo horrível de ver rastejando sobre o lábio de alguém.

Antes do meio-dia já tinham levado tudo embora, e na fachada da ex-livraria só sobrou um cartaz informando que o local estava disponível: se seu palpite estivesse correto, em breve seria inaugurada ali uma loja de roupas ou — mais provavelmente — um restaurante de franquia, o tipo de negócio que encarnava como nenhum outro aquilo em que se transformara o consumo cultural da maioria das pessoas. Quando mandou a M. uma fotografia do cartaz, ela respondeu com uma dezena de emojis de caras tristes e chorosas; já havia algum tempo, até mesmo aqueles que se dedicavam a fazer livros, como M., preferiam os emojis às palavras.

8

De quantas coisas uma criança precisa, especialmente uma que ainda não nasceu? Do que sua mãe precisava, além de alguém que a abraçasse em determinados momentos do dia e a lembrasse de que ela era algo mais que um mero vasilhame? A. começou a bombardeá-la com anúncios de produtos, dizendo que, sem eles, a maternidade se tornaria difícil ou até mesmo impossível: edredons para o berço, sapatinhos de bebê, minúsculas calças jeans, cadeirinhas "de comer", trocadores, babás eletrônicas, carrinhos, aquecedores de mamadeira, almofadas de amamentação, termômetros para a banheira, berços "de viagem", esterilizadores. Ela, por sua vez, era um tanto cética, em relação a esses produtos e a quase tudo o mais, incluindo as aulas de ioga para gestantes e de preparação para o parto nas quais F. a matriculara: a amiga, que a acompanhava nas aulas, era a única mulher na sala, além da professora, que ainda conseguia ver os próprios pés.

Ela tentava não tirar conclusões, que lhe pareciam passíveis de erro, e se esforçava para não achar que sua própria experiência abrangia todas as formas possíveis de estar grávida. Não tinha a impressão de que se tornar mãe fosse uma vitória nem uma conquista, não se sentia mais mulher por estar grávida, não achava que sabia mais sobre o mundo nem sobre si mesma por causa da gravidez. Nas formas embrionárias de solidariedade que via entre as colegas nas aulas, e na maneira como apoiavam umas às outras, Ela conseguia perceber uma experiência comum e um modo de lidar com sua condição que criava entre elas um sentimento de comunidade. Mas Ela se sentia excluída do coletivo, não sabia se por causa de seus preconceitos ou pelo fato de que, ao contrário de todas as colegas, decidira ter o filho sozinha: se a experiência ou as experiências da maternidade criam um abismo intransponível entre as mulheres que têm filhos e as que não têm, também criam — à revelia do que seus gestos de solidariedade possam significar — dezenas de pequenas divisões entre as mulheres que têm filhos, como se a maternidade fosse um campo de batalha em que as linhas que dividem os exércitos em guerra são o tempo todo redesenhadas de acordo com sinais que Ela não reconhecia, que na verdade era incapaz de perceber. O que essas linhas dividem são as "boas mães" das "mães ruins", ambas empenhadas em uma disputa que parecia remontar ao início dos tempos, e na qual Ela — era evidente — pertencia ao segundo bando, sem ter feito nada para merecer isso. Às vezes, por exemplo quando estava trocando de roupa, antes ou depois das aulas, tinha a impressão de ver no rosto das outras mulheres um olhar piedoso; falavam de edredons para o berço, sapatinhos de bebê, minúsculas calças jeans, cadeirinhas "de comer", trocadores, babás eletrônicas, carrinhos, aquecedores de mamadeira, almofadas de amamentação, termômetros para a banheira, berços "de viagem", esterilizadores: ao contrário dela, as colegas de aula tinham comprado quase tudo.

Um dia, perguntou a sua parteira qual foi a coisa mais estranha que vira ao longo de sua carreira. Não sabia por que fizera essa pergunta; esperava algo sórdido ou grotesco e, no entanto, o que a parteira contou foi algo bem diferente. A mulher era pequena e enérgica como uma partícula atômica recém-descoberta, e pôde ver o sorriso dela refletindo-se na superfície do copo de chá que segurava muito antes de vê-lo em seu rosto. A mulher estava pensando se devia contar ou não, o que fez com que Ela fosse imediatamente invadida por uma avalanche de imagens — de crianças sem pernas ou unidas pelo tronco, como as figuras das cartas de baralho; o tipo de imagens que evocam um terror atávico em mulheres grávidas —; no entanto, o que a parteira contou, por fim, foi que uma vez fez um parto, de resto bastante comum, em que participou o marido, um homem que tinha o rosto cheio de verrugas e de quem ela jamais se lembraria, se não fosse esse detalhe e o que aconteceu uns onze meses depois: fez outro parto em que o marido participava, e era o homem das verrugas. Naturalmente, o homem fingiu que não a conhecia, mas a parteira examinou os registros e o nome dele coincidia com o do parto do ano anterior, que ela tinha anotado em um caderno, como todos os nascimentos a que estava presente. Em ambos os casos — ou seja, nos dois partos — o homem das verrugas parecia muito apaixonado pela mulher que dava à luz; nos dois casos, também, segurou o recém-nascido como se estivesse fazendo isso pela primeira vez na vida, com um misto de temor e orgulho. A parteira nunca soube se o homem tinha se separado da mulher do primeiro parto, ou se a segunda mulher sabia da existência da primeira. Voltou a vê-lo mais uma vez, ela admitiu depois de uma pausa, que fez com que Ela começasse a ter dúvidas sobre a personalidade e a sanidade mental da parteira; foi — é claro — em um parto, seis meses depois, de que o homem das verrugas participava na condição de marido.

VI.
Seis minutos

I

Assim que abriu a porta, sentiu que o ar frio e seco atingia seu rosto com a mesma intensidade do aroma do café e das vozes dos clientes. Estava havia uns vinte minutos procurando um lugar que lhe agradasse, e foi se afastando de seu bairro até chegar à rua que o separava do distrito comercial da cidade; Ele era o tipo de pessoa que gosta de ler nos cafés — gente cujo prazer deriva tanto da leitura como da observação, assim como do fato de ser visto lendo, provavelmente —, mas nos últimos anos tinha abandonado o hábito devido à situação do mundo. Em toda parte havia catástrofes climáticas, secas desoladoras seguidas de chuvas torrenciais que por sua vez eram seguidas de secas devastadoras, enquanto estouravam guerras de maior ou menor intensidade em dezenas de lugares que só aparentemente eram remotos; perto dele, tudo tendia a se acelerar, incluindo a manipulação e o assédio seletivo. Quem foi mesmo que disse que os tempos não eram bons, mas também não eram melhoráveis? Não se lembrava, mas, quem quer que fosse, não parecia que estava fazendo piada. Tinha a impressão de que as pessoas haviam começado a dizer em público — e muitas vezes com violência — coisas que, alguns anos antes, só se atreveriam a expressar amparadas no anonimato de que acreditavam desfrutar nas redes sociais. Muito em breve, e assim como as opiniões dessas pessoas haviam se transformado em notícias graças à percepção errônea de que a internet é um espaço "neutro" — e também, em boa medida, por culpa de uma imprensa que tem uma atitude servil em relação aos meios digitais —, as opiniões sobre a inferioridade de certas raças, a convicção de que é melhor deixar os estrangeiros morrerem nas fronteiras do que assumir o possível impacto cultural de sua presença, a predileção por mensagens políticas mais extremistas, o desdém pelas minorias e, de forma mais específica, pelos integrantes das minorias que não se conformam que alguém fale em "seu nome" e de acordo com uma agenda muito limitada, tudo isso se tornaria a ideologia dominante, se é que já não tinha se tornado. M. sabia que — ou seja, será que Ele já tinha contado isso a ela? — as percas e os salmões selvagens estão desaparecendo? Alguns pesquisadores norte-americanos descobriram, tempos atrás, que os antidepressivos jogados nos rios junto com o esgoto tornam esses peixes uma presa fácil para seus predadores. Uma exposição excessiva à realidade pode destruir qualquer um, pensava Ele; voltara a dormir com certa regularidade, mas tinha pesadelos que o deixavam confuso e exausto; de manhã, às vezes bastava dar uma olhada na previsão do tempo para que qualquer um ficasse deprimido, e os jornais deviam estar se aproveitando disso, de alguma forma: algo lhe dizia que talvez o medo já tivesse invadido até as palavras cruzadas, e de noite Ele tinha conversas consigo mesmo que não tinham utilidade alguma. ("Desastre, acontecimento infeliz e inesperado." "Catástrofe?" "Aflição, tormento, angústia: dez letras." "Sofrimento." "Prognóstico: nove letras, começa com V." Et cetera.) Às vezes, entretanto, achava que nem tudo era irreversível; especialmente nos dias em que não recebia nenhuma mensagem e podia fantasiar que o mundo se esquecera dele, quando tinha a impressão de que a ausência de contato direto com as pessoas era uma solução plausível para o problema de como continuar a respeitá-las.

Ela nunca estivera nesse café, embora ficasse perto do lugar onde trabalhavam e fosse o lugar favorito de F., que falou tanto sobre os doces de lá que Ela sentiu vontade de vomitar.

Ele estava com um livro sobre babuínos, que comprara semanas antes, e com o jornal, que abriu assim que entrou na fila de um dos caixas; seu senhorio ainda não tinha mandado consertar o ar-condicionado, e esse café — pensava Ele — se transformaria em uma espécie de segundo lar até que o aparelho voltasse a funcionar. M. não quis que Ele ficasse em sua casa; quando Ele sugeriu isso em uma mensagem de texto, ela respondeu com o link de uma notícia publicada no jornal no dia anterior: uma mulher — com certeza alguém com o coração partido, foi a primeira coisa que Ele pensou — tinha tentado se matar jogando-se, de madrugada, contra a fachada do Museu das Relações Partidas.

(Na verdade — Ele leu mais tarde —, a mulher não queria se suicidar nem tinha nenhum interesse especial pelo museu. Cometera uma infração sem importância, algumas ruas perto dali, e acabou batendo com o carro na fachada do museu enquanto fugia. Depois da batida, largou o carro e tentou escapar novamente, mas foi presa. No depoimento às autoridades, admitiu que na verdade não sabia do que estava fugindo, e pediu desculpas aos responsáveis pelo museu e a dois pedestres que havia atropelado. Eles já estavam fora de perigo.)

A notícia tinha importância só porque fora enviada por M. e porque — no diálogo que os dois mantinham à base de memes e notícias verdadeiras e falsas, de emojis e de alusões aos resquícios da comunicação na internet — sugeria ou insinuava algo a respeito dela. Quem era a mulher que estava fugindo? E do que estava fugindo, na verdade? Talvez nem M. soubesse dizer.

Ela pediu um chá, que a garçonete tentou convencê-la a consumir numa xícara imensa, elefantiásica. A moça tinha dedos grossos e curtos, nos quais Ela não pôde deixar de reparar. Pareciam dez pequenas coxas que se enroscavam em volta da asa da xicrona enquanto a moça balbuciava algo sobre um desconto no qual, para variar, Ela não estava interessada. "Não estou interessada, para variar", Ela disse, e logo depois pediu desculpas.

Uma vez, Ele imaginou onde e como seria, o que aconteceria e qual seria a reação de ambos. O que sentia por Ela — e que havia praticamente um ano tentava conjugar no passado, sem sucesso — fazia com que, para Ele, Ela fosse sempre um mistério, sempre variável, exceto quanto à sua integridade, sua impaciência com as visões estereotipadas e com as pessoas que permanecem presas por muito tempo a alguma coisa, e seu repúdio à crueldade e à injustiça, que eram aspectos do caráter dela sobre os quais Ele não tinha dúvidas. Quanto a Ele, acreditava que, se a encontrasse de novo, saberia como se comportar. No entanto, quando levantou os olhos do jornal ao ouvir uma voz que conhecia, que vinha do passado ou do que Ele desejava que fosse o passado — embora na realidade fosse o presente; nunca deixou de ser o presente, pelo menos para Ele —, se viu completamente dominado pela quantidade e intensidade das sensações que o invadiram; sentiu, acima de tudo, uma dor fortíssima no peito e uma paralisia que o impediram de sair da fila e ir embora desse lugar, como recomendava o bom senso.

Ela o viu com o rabo do olho enquanto pagava, ou talvez tenha percebido o incômodo de alguém logo atrás dela: sempre foi boa para perceber as reações que provocava. Mas a presença dele provavelmente a pegou de surpresa, porque, ao vê-lo, Ela também se viu invadida por uma grande quantidade de sensações e de ideias. Talvez a questão toda fosse essa: sempre haviam sentido a mesma coisa, embora talvez a vissem de diferentes pontos de vista, e foi essa pequena divergência o que os distanciou, pelo menos durante algum tempo.

Quando a viu, Ele se lembrou, constrangido, de que no último ano não comprara uma peça de roupa sequer, enquanto Ela parecia ter renovado completamente o guarda-roupa. Teve medo — que, em outras circunstâncias, teria reprimido — de que Ela visse nele algo semelhante a um resquício do passado, uma espécie de resto arqueológico de uma época remota. (Nunca comprava roupas, por outro lado, e se gabava de ter renunciado ao prazer de consumir, um prazer que na verdade nunca chegara a compreender.) Ela, por sua vez, tinha outro corte de cabelo e um vestido novo: por alguma razão Ela já não usava só calças, Ele pensou, enquanto a negação agia dentro dele, convencendo-o de que nada lhe escapava. Por que, no entanto, quando Ela saiu do caixa para ir até Ele, parecia andar com lentidão e dificuldade, como se estivesse imersa em uma gravidade diferente? E por que colocava as mãos na barriga?

Ela estourou sobre Ele como uma imensa onda gelada quando quebra na praia; agora o arrastava pelas ruas enquanto varria pessoas e veículos, quebrava os vidros das lojas e arrancava as árvores pela raiz, mudando tudo de lugar.

"Oi", Ela disse. Ele murmurou uma resposta que nem Ele mesmo tinha certeza de qual era. "Como vão as coisas?", Ela perguntou; sua voz, Ele pensou, estava mais grave, ou talvez tivesse ganhado uma ressonância particular porque o corpo de onde saía se alargara devido a seus novos usos. "Como você está?", Ele respondeu. "Desse jeito que você está vendo", disse Ela, simplesmente. "Eu...", Ele começou, tentando esconder a surpresa, ou melhor, o impacto que sentia ao vê-la nesse estado. "Meus parabéns, porque... Pra você e pro seu namorado... É..." Ela balançou a cabeça negativamente. "Quis te ligar pra contar, mas...", começou a se explicar. Ele disse que Ela não precisava dizer mais nada; uma jovem se aproximou com uma bandeja, e Ela desviou o olhar do rosto dele para apresentá-la. Logo depois, F. foi até uma mesa nos fundos do café, e novamente se instaurou entre os dois a atmosfera de expectativa e leveza que sempre existira quando estavam juntos, praticamente até o fim; um misto de intimidade e de possibilidades ilimitadas, que Ele sempre achou que era a manifestação de algo que os transformava em parte de uma totalidade maior, de algo que tinha mais a ver com as grandes tarefas que as pessoas desempenharam ao longo da história, muitas vezes sem saber direito o que estavam fazendo nem por quê, do que com as minúsculas decisões que tomavam todos os dias e os conflitos que elas causavam.

Um monólito negro estava nesse momento avançando em direção a eles, vindo do fundo do espaço e do tempo, e o amor que sentiam um pelo outro era a cola que manteria tudo unido até a chegada dele, quando finalmente seria possível ler os sinais gravados em sua superfície escura.

"Eu...", gaguejou Ela. "Pode me dar seu telefone?", perguntou, e Ela lhe estendeu a mão, como se fossem adolescentes. Quando a pegou pelo pulso e começou a escrever sobre a pele dela, Ele sentiu uma mistura de familiaridade e estranheza que o deixou perplexo; quando terminou, Ela ergueu a mão diante dos olhos. "A sua caligrafia nunca... Isso aqui é um nove?", perguntou, e

Ele sorriu e fez que sim com a cabeça. Pouco depois, Ela afastou a mão do rosto e voltou a olhar para Ele. "Como você está?", Ela perguntou, por fim. Ele deu de ombros. "Não sei, acho que estão acontecendo coisas comigo, e eu confundo isso com alguma espécie de progresso, mas não tenho certeza", Ele disse. "Comigo é a mesma coisa", Ela respondeu; fez um gesto em direção a sua amiga, e Ele deu um passo atrás. Ao se despedir, Ela pôs a mão no rosto dele e deixou-a ali um instante, e Ele sentiu uma gravidade nos braços, uma sensação de que o ar ficava mais rarefeito, que se desfez assim que Ele saiu do café, deixando-lhe uma impressão fortíssima e dolorosa. Ainda pôde vê-la mais uma vez — da calçada, através da vitrine —, enquanto Ela se sentava ao lado de F. Não tomou café nenhum, mas isso já não tinha a menor importância.

VII.
Sete meses (II)

I

Ela se sentou no parapeito da janela, e Ele podia ver seu perfil recortado pela luz, as linhas do rosto e da gravidez — que ainda era uma novidade para Ele — destacando-se sobre o pano de fundo formado pelos edifícios e pelo céu. Não era a primeira vez que Ela o visitava em seu apartamento, mas era a primeira em que mostrava interesse pelo que estava acontecendo na rua e pelo lugar que Ele escolhera para contemplá-la. Nas vezes anteriores, Ela se limitara a olhar em volta e a bisbilhotar as coisas dele com um pouco de perplexidade. Só isso?, Ela perguntava ao terminar cada uma dessas inspeções. Era como se tivesse subitamente compreendido o que Ele já entendera muito antes, quando se separou dela: que não precisava de muita coisa para si mesmo, e que os cinco anos que passaram juntos tinham provocado uma espécie de obesidade — uma acumulação anormal de objetos e de relacionamentos desnecessários — que os impedira de avançar, exceto do jeito em que se avança arrastando um peso morto; com o passar do tempo, esse peso lhes tirara o fôlego e os deixara em uma paralisia da qual Ela os libertou, involuntária e dolorosamente, quando decidiu ir embora. Ele havia encontrado por conta própria, e sem planejar, uma forma de sobriedade, e essa sobriedade, que Ela havia almejado durante anos sem saber como defini-la nem como nomeá-la, era o presente que agora Ele tinha para lhe dar.

Quando Ele chegou em casa naquele dia, depois de reencontrá-la, descobriu no celular uma mensagem dela. Por um instante, teve a intuição fulgurante de que nunca mais saberia dela, e, no entanto, Ela lhe escreveu logo depois de se despedirem no café. Algo nela tendia ao imprevisível, pensou. Mas foi essa imprevisibilidade, e a autonomia dela — que poderia parecer tão pouco "feminina" a algumas pessoas —, o que o atraiu da primeira vez e voltava a atraí-lo agora, apesar do estado em que Ela estava e do monte de sentimentos que isso causava nele: de perplexidade, de incompreensão e de ressentimento, de alegria e de pesar. Lá fora, a cidade continuava a emitir o murmúrio que tanto o fascinava: um murmúrio que falava de coragem e de possibilidades, Ele sentia; da inevitabilidade e da esperança. Dezessete meninas de Gloucester, no estado de Massachusetts, fizeram um pacto de engravidar ao mesmo tempo para criarem os filhos juntas, Ele lera algumas semanas antes; segundo as autoridades do colégio onde estudavam, elas se aproveitaram de um mendigo de vinte e quatro anos que as engravidou, não se sabe se de propósito ou não. Talvez a gravidez dela fosse resultado de circunstâncias parecidas, Ele pensou naquela ocasião; mas descartou a ideia quando lhe pareceu óbvio que a decisão, se é que foi uma decisão, devia ter outras causas, algumas relacionadas à própria recusa dele quando ainda estavam juntos. Mais tarde, Ela lhe contaria tudo, mas isso só aconteceria depois que as conversas que passaram a ter diariamente, em geral por telefone, já tivessem recriado o mundo íntimo de sussurros e pequenas brincadeiras que sempre fora seu refúgio contra um presente que permeia inevitavelmente tudo, inclusive o que as pessoas fazem para tentar escapar dele. Até mesmo a gravidez das moças de Gloucester, que era fruto tanto da fantasia de formar uma espécie de tribo — a única unidade política que ainda parecia funcionar, ao contrário dos Estados nacionais — quanto de encontrar uma solução mágica para as incertezas que pairavam sobre o lugar em que viviam, uma cidade de trinta mil habitantes cuja economia havia se arruinado nas últimas décadas.

A duras penas, Ele conseguiu se conter e não ligar de volta imediatamente, mas logo — no dia seguinte, à noite — os dois se falaram de novo, agora sem a falta de jeito que marcara o encontro no café. Finalmente, chegava ao fim essa espécie de hiato que começara quando se separaram, em que já não eram quem haviam sido, mas ainda não tinham descoberto o que viriam a ser. Durante anos, as conversas tinham sido seu café da manhã, uma forma de afirmar a convicção de ambos de que o dia que estava começando seria melhor que o anterior e que não iriam desperdiçá-lo; agora, os telefonemas noturnos — que os dois começaram a esperar com impaciência — davam a cada dia, ao contrário, um sentido retrospectivo; além disso, tinham muito o que contar um ao outro, e foram fazendo isso pouco a pouco. Dessas primeiras conversas por telefone, Ele saiu convencido de que Ela havia mudado: de repente, a gravidez deixou de parecer uma catástrofe, que era a impressão que Ele teve no início e que geralmente tinha toda vez que alguém contava que ia ter um filho, e Ele começou a achar que se tratava de algo bem diferente, que era a maneira como Ela — talvez sem saber, ou sabendo de outra maneira e com outras palavras — tinha conseguido organizar, em torno de um único ato, sua exigência de uma autonomia e de uma individualidade que não fazia concessões à necessidade de dar amor e ser amada. Nenhum dos dois acreditava em uma lei moral, nem Ela nem Ele pensavam que existia algo parecido a um bem em si mesmo, mas sabiam escolher o que era melhor para eles, ainda que isso os afastasse dos outros. Com o passar dos dias, Ele começaria a sentir uma vontade ardente de que o tempo — que, desde a separação, parecia ter parado — recomeçasse a andar, e ao mesmo tempo um desejo que sempre tivera um único objeto, não importa o que Ele fizesse para tentar esconder isso de si mesmo. Que isso implicasse aceitar as condições impostas pelas circunstâncias — ainda que, é óbvio, as circunstâncias tivessem sido criadas por Ela — não lhe pareceu um obstáculo com a mesma rapidez com que ficou evidente que Ela continuava interessada nele. Foi uma noite em que jantavam em um restaurante pequeno no que Ela chamava, com um pouco de nostalgia, de "o velho bairro", e era, de fato, o lugar onde Ele ainda morava, na Malasaña. Os carros ainda circulavam pelo centro da cidade, e o jeito como passavam correndo um atrás do outro e depois se amontoavam nas esquinas dava a Ele a impressão de que eram uma espécie de código Morse do universo, uma mensagem dirigida a ninguém. ("Você está se separando de mim por WhatsApp?", respondeu M. quando Ele lhe escreveu para contar sobre Ela; era uma pergunta irônica, é claro; apesar disso, logo depois M. lhe enviou um link para um blogue intitulado "The Last Message Received", mas jantaram juntos algumas vezes desde então, a intimidade que haviam compartilhado acrescentando uma nova intensidade à amizade que não a prejudicava, ao contrário.) Em toda parte, havia limites e possibilidades. Ela fez um gesto igual a qualquer outro que sempre fazia, e foi então que começou tudo de novo.

Ela tinha um fio de cabelo branco, o primeiro. Nessa noite, Ela o mostrou com uma ponta de vaidade, e Ele roçou-o com a ponta dos dedos: era áspero, de um jeito que Ele não conhecia. Foi por isso que Ela decidiu ter um filho?, Ele perguntou, ingenuamente. Algum tempo depois, Ele chegaria à conclusão de que, quanto a Ele, decidira criar o filho com Ela porque a amava e porque resolveu renunciar à aversão de ser pai; e também entenderia que o que distingue o amor do desejo — dois sentimentos que com tanta frequência tendem a ser confundidos — é o fato de que o primeiro conhece a renúncia e o segundo não. Não era isso o que Calipso descobria ao deixar que Odisseu — "press'd unwilling in Calypso's arms", "constrain'd his stay,/ With sweet, reluctant, amorous delay", como traduziu Pope — voltasse a Ítaca para a esposa e o filho, se o relato era correto e não tinha sido deturpado? Que, na realidade, não era só desejo o que Calipso sentia pelo viajante? O que Ele iria descobrir, por sua vez, era que na verdade Ele não podia tomar essa decisão e de fato não a tomara, entre outras razões, porque as diferenças de percepção e experiência entre ser e não ser pai eram tão grandes que o abismo que existia entre as duas coisas tornava impossível a avaliação das vantagens e desvantagens e, de maneira geral, inviabilizava qualquer discussão entre os partidários de ambas as experiências. A verdade é que Ele nunca saberia o que era ser pai até isso acontecer, e depois de ser pai nunca mais poderia saber como teria sido sua vida se não tivesse filhos. A comunicação entre as duas esferas era impossível, como Ele um dia descobriria. Mas decidir também era impossível. E a resposta que Ela lhe deu naquela noite, quando Ele perguntou por que Ela decidira ser mãe, fez com que Ele percebesse isso pela primeira vez, e de forma definitiva. "A gente nunca escolhe", Ela respondeu, "a gente só vive naquilo que existe. Aquilo que não existe, só existe como ideia, e, como toda ideia, não pode ser habitada. Fica lá, esperando, enquanto a gente acha que decide alguma coisa."

Não eram as palavras que Ele queria ouvir, Ela deve ter pensado logo depois de dizê-las: no fim da noite — quando Ele se virou para chamar um táxi —, Ela o abraçou pelas costas, brevemente.

Resolveram procurar apartamento no centro da cidade, nesse bairro ou em algum outro; os amigos com filhos tinham se mudado para os subúrbios, argumentando que lá havia apartamentos maiores e parques para os filhos, mas isso significava — pensavam Ele e Ela — obrigar as crianças a engolir a dieta de shopping centers, terrenos baldios, ônibus noturnos, estações de metrô horrorosas, ambientes hostis e trevos rodoviários, o que era característico dos subúrbios, de Madri e de quase qualquer outra cidade. Eles sabiam do que estavam falando: ambos haviam crescido nos subúrbios de suas respectivas cidades e queriam provar — ou pelo menos provar a si mesmos — que era possível criar um filho no centro da cidade; tinha que ser possível, se a ideia de que algumas cidades foram feitas para serem habitadas — e não meramente visitadas —, que havia fundado a sensibilidade moderna e tudo o que surgira junto com ela ao longo da história, ainda continuava de pé apesar das ameaças das franquias e de seus beneficiários. Era uma decisão política, é claro; ainda que a forma como cada um pensava nesse aspecto da decisão fosse, na realidade, diametralmente oposta. Para Ela, voltar para o centro era uma maneira de ser coerente com suas ideias sobre as relações de um indivíduo com o lugar em que mora, e com o propósito que a levara a se tornar arquiteta, no começo da juventude. Para Ele, ao contrário, era uma forma de resistência. Um modo de realizar um gesto belo e talvez inútil em direção à maneira em que acreditava que as coisas deveriam ser e, muito provavelmente, nunca mais voltariam a ser. Não era pessimismo — embora pudesse ser considerado assim, obviamente, se alguém assim o desejasse —, e sim uma convicção que tinha havia alguns anos, resultado da simples observação: que a geração à qual Ela e Ele pertenciam era a última que nascia livre, relativamente a salvo — e só para aqueles que puderam se beneficiar de um privilégio de que ambos desfrutavam, é claro — do medo, que algumas pessoas haviam instaurado como regime político dominante desde que um punhado de fanáticos destruíra duas torres em Nova York, e da vigilância por parte do Estado e das empresas, que uns e outros justificavam em nome da segurança.

Outras pessoas usavam argumentos parecidos — e também errôneos, deliberada ou involuntariamente — para justificar, de alguma forma, o fim dos empregos estáveis, a eliminação dos direitos dos trabalhadores, a desarticulação da cultura criada pelos trabalhadores, o surgimento de um hiato, de um novo domínio a meio caminho entre o mundo real e aquilo que é chamado, de maneira imprecisa, de "os ambientes digitais", onde as mentiras e as falsidades difundidas tão facilmente acabam projetando suas consequências sob a forma de regimes totalitários e abertamente contrários às liberdades individuais. Nem mesmo a convicção de que as nações têm o direito de cometer erros e de que a história está o tempo todo repetindo a si mesma — sem nos ensinar nada, é claro — fora capaz de prepará-lo para a sociedade em que ambos se viram arremessados; era como se o projeto — ou, mais exatamente, a promessa, nunca cumprida totalmente — que poucos séculos atrás um grupo de pessoas ingênuas e lúcidas formulara em uma certa *Declaração dos direitos do homem e do cidadão* tivesse sido cancelado, interrompido antes mesmo de começar, e sem que ninguém tivesse sido avisado. Contra o projeto de uma sociedade de iguais — com seus erros lamentáveis e as terríveis tragédias que causou, isso também precisava ser dito —, se opunham antigas e novas ideias. Os partidários das ideias antigas repudiavam esse projeto por considerarem que eles mesmos não eram iguais às outras pessoas, por exemplo as de outro gênero ou raça; já os defensores das novas ideias falavam a partir de uma diferença que os individualizava e, ao mesmo tempo, os invalidava como participantes do tipo de debate que forma a vida política de uma sociedade. Eram imigrantes, mulheres negras, homossexuais, ativistas sociais, representantes de minorias religiosas e étnicas; estavam provocando uma reviravolta na relação entre opressores e oprimidos, mas, em última instância — e este era um dos motivos que o preocupavam, ainda que Ele estivesse, inevitavelmente, do lado deles —, os esforços dessas minorias não questionavam a forma, a estrutura dessa relação, que continuava a existir, mas com outro nome. Se este era um inconveniente visível das lutas das minorias, havia outro, que o inquietava ainda mais, e que era a visão da identidade como algo inflexível, como um obstáculo e uma chance, mas sobretudo como uma chance de tomar a palavra, desde que se fizesse isso "em nome" dessa identidade e em defesa de seus interesses.

Enquanto Ela olhava a rua, e Ele a contemplava — enquanto, de certa maneira, Ele olhava a cidade e pensava nos problemas da cidade através dos rastros que o corpo dela deixava na janela —, tudo parecia envolvido em uma atmosfera de urgência. Seu filho — ou seria uma filha? — nasceria em poucos meses, talvez até antes: o fato de Ela ter nascido prematura podia ou não ser um antecedente, Ele não sabia. Ao redor desse fato privado, mas relevante, as batalhas de sua época se tornavam cada vez mais intensas, e Ele escolheu atravessá-las junto com Ela e com seu filho — e com F., que estava em todos os lugares onde Ela estava, por sorte —; talvez fosse assim que as famílias se formavam. Durante toda a vida, Ele almejou desfrutar de uma posição privilegiada para poder assistir a essas batalhas sem ter que participar delas, mas os acontecimentos dos últimos meses haviam mudado as coisas: também haviam mudado — era evidente — a forma como Ele e Ela pensavam sobre si mesmos, e em breve teriam outros nomes, para si mesmos e para o filho que ia nascer. Ao contrário de muitas pessoas, Ele sempre imaginara a identidade como um ponto de chegada, nunca como de partida, e pensou que talvez devesse escrever sobre isso algum dia, como sempre fazia quando tentava entender alguma coisa. Ele havia se enganado ao achar que a vida das ideias era suficiente, porque, por um lado, era óbvio que Ele não vivia só nessa vida; e, por outro, porque essa vida acontece no presente. Ele tinha uma dívida com o presente, e talvez consigo mesmo: e também, é claro, com Ela e com o filho que iriam criar.

Ele não fizera o voto de confiança no futuro que supostamente acompanha a ideia de ser pai — e mais ainda a ideia de ser mãe, é claro —, não confiava no futuro e não alimentava nenhuma esperança. Talvez Ela sim, não lhe perguntara; talvez Ela tivesse entendido algo que Ele ainda não sabia. Ao se reencontrarem, ao aceitá-la de novo e ao ser aceito por Ela, não houve nele nenhuma transformação dramática, embora a transformação fosse — evidentemente — tão dramática quanto possível, em se tratando dele. Nada havia mudado, é claro, exceto a determinação de abraçar o presente e fundir-se com ele; e também a vontade de ser outro, e de fazer isso ao lado dela. A tarde tinha caído e, embora os dias ainda fossem relativamente longos — o verão chegaria ao fim em algumas semanas, mais uma vez —, o apartamento já estava no escuro e Ela levantou-se do parapeito da janela e foi até as estantes. Ele dissera uma vez — mas logo se arrependeu, envergonhado por sua frivolidade — que o amor que sentia por Ela devia ser imortal, uma espécie de fluido espalhado pelo universo e do qual os dois eram apenas um receptáculo. No entanto, o que aprendeu nesses meses foi que a única criatura imortal que existe é uma pequena medusa que tem entre quatro e onze milímetros de comprimento, chamada *Turritopsis nutricula*, que é capaz de rejuvenescer de forma permanente: quando chega à maturidade, regressa à juventude, repetindo ininterruptamente seu ciclo vital. Os cientistas a observavam há muitos anos e nunca tinham visto uma delas morrer; em compensação, muitos deles já tinham morrido de morte natural, em acidentes de trânsito, em aviões que caíam nas selvas ou no mar: do jeito, enfim, que os cientistas costumam morrer, geralmente longe de suas esposas ou maridos. A *Turritopsis nutricula* era originária do Caribe, mas estava se espalhando por todo o planeta, Ele lera. Nesse momento, os mares estavam sendo povoados por pequenas criaturas imortais em forma de abajur, sobre as quais podia-se tirar todas as conclusões do mundo, ou talvez nenhuma.

Tirar conclusões, contudo, não era a prioridade dele. Enquanto a escuridão se espalhava pelo apartamento — ao mesmo tempo que o iluminava todo, por assim dizer —, Ela folheava os livros com um interesse e uma urgência inéditos. Sabia que na loja vazia aqui em frente vai abrir uma livraria?, Ela dissera um instante antes, mas Ele já tinha visto de manhã alguns jovens levando caixas até lá, uma pequena e nova esperança. "Por que todos os seus livros têm páginas faltando?", Ela perguntou de repente, e Ele percebeu que teria que contar tudo, dessa vez começando, por fim, desde o início.

Agradecimentos

Este romance se alimenta de uma quantidade relativamente pequena de experiências pessoais e de algumas leituras, assim como de muitos depoimentos de amigos e conhecidos; agradeço a todos por me contarem suas experiências amorosas e me ajudarem a pensar no que elas revelam sobre o modo como vivemos hoje. Meu agradecimento se estende também à Fundación BBVA, por apoiar a escrita deste livro, e a Juan José Millás, Gunilla Sondell, Jorge Fernández Díaz, Estrella García, Pilar Reyes e Manuel Vilas por terem dado a ele o prêmio Alfaguara de Romance. Várias pessoas contribuíram desde o começo para a realização deste projeto com seu entusiasmo e seu apoio: Pilar Álvarez, Claudia Ballard e equipe da William Morris Endeavor; obrigado a todos eles, assim como a Annalisa Proietti, Margit Knapp, Diana Miller, Leandro Sarmatz, Cristina Fuentes e Matías Rivas, Daniel Gascón, Juan Cruz Ruiz, Iker Seisdedos e Javier Rodríguez Marcos, Dunia Gras e María Victoria Torres, Carolina Reoyo, Julia Salvador, Melca Pérez, Paco Goyanes e Ana Cañellas, Mónica Carmona, Rodrigo Fresán e Ray Loriga, Alan Pauls, Lola Arias e Graciela Speranza, Carlota del Amo, Javier Frómeta, Eduardo De Grazia e José Sabán. Este livro é para Giselle Etcheverry Walker (*In a world of steel-eyed death, and men who are fighting to be warm/ Come in, she said/ I'll give you shelter from the storm*) e para Claudio López de Lamadrid, que continua entre nós.

Obra editada en el marco del Programa "Sur" de Apoyo a las Traducciones del Ministerio de Relaciones Exteriores, Comercio Internacional y Culto de la República Argentina.

Obra publicada no âmbito do Programa "Sur" de Apoio para Traduções do Ministério das Relações Exteriores, Comércio Internacional e Culto da República Argentina.

© Patricio Pron, 2019
© Penguin Random House Grupo Editorial, S. A. U., 2019

Todos os direitos desta edição reservados à Todavia.

Grafia atualizada segundo o Acordo Ortográfico da Língua Portuguesa de 1990, que entrou em vigor no Brasil em 2009.

capa
Celso Longo
imagem de capa
Duas toalhas. Canadá, 2004 © Alec Soth/ Magnum Photos/ Fotoarena
composição
Jussara Fino
preparação
Claudia Ribeiro Mesquita
revisão
Fernanda Alvares
Karina Okamoto

Dados Internacionais de Catalogação na Publicação (CIP)

Pron, Patricio (1975-)
Amanhã teremos outros nomes / Patricio Pron ; tradução Gustavo Pacheco. — 1. ed. — São Paulo : Todavia, 2021.

Título original: Mañana tendremos otros nombres.
ISBN 978-65-5692-188-4

1. Literatura argentina. 2. Romance. I. Pacheco, Gustavo. II. Título.

CDD A863

Índice para catálogo sistemático:
1. Literatura argentina : Romance A863

Bruna Heller — Bibliotecária — CRB 10/2348

todavia
Rua Luís Anhaia, 44
05433.020 São Paulo SP
T. 55 11. 3094 0500
www.todavialivros.com.br

fonte
Register*
papel
Munken print cream
80 g/m²
impressão
Geográfica